Sonya
ソーニャ文庫

自己肯定感が高すぎる公爵様が溺愛して放してくれません！

こいなだ陽日

イースト・プレス

contents

序章　005
第一章　027
第二章　069
第三章　150
第四章　192
第五章　249
終章　299
あとがき　307

序章

　青年の細く長い指先が香水瓶のノズルを押す。されど、乾いた音が鳴るだけで香水は噴霧されることなく、なんの香りもしなかった。瓶をよく見れば中に液体が入っていないことがわかる。

　それでも香水瓶を持った美貌の青年は芳香を楽しむかのように、くんくんと鼻を鳴らした。夕陽に染まった地平線を思い起こさせるような赤い瞳が恍惚ときらめく。

「あの……その瓶、肝心の香水が入っていないようですが」

　ユーネはおずおずと訊ねた。すると、目の前の彼は小首を傾げる。癖のない金の髪がさらりとなびいた。

「入っているよ。君の部屋の空気が」

「く、空気？　私の部屋の？」

「そうさ。俺は今、君の部屋の空気を……もはや君の吐息を浴びているといっても過言ではない。……ああ、なんていい匂いなんだ」

「ひっ……」

小さく呻(うめ)いた声は彼の耳には届かない。

ユーネが引きながら青年を見れば、彼は「あっ」と声を上げた。

「そんな物欲しそうな目で見るとは、君も俺の部屋の空気が入った瓶が欲しいんだね？　なんといってもこの俺の部屋の空気だ、欲しいに決まっている。俺としたことが失念していた、すまない」

「い、いえ。そういうわけでは……」

「遠慮はいらないよ。さっそく採集して君に届けよう！　君たち、今すぐ俺の部屋の空気を瓶に入れてくるように。そうだな……数はとりあえず十個で」

彼はメイドに指示を出す。主人の奇行に慣れてしまったメイドは顔色ひとつ変えずに「かしこまりました」と部屋を出ていった。

（どうして……どうしてこんなことに）

顔を引きつらせながらユーネは心の中で叫ぶ。目の前の青年はうっとりとした様子で空の香水瓶を眺めていた。

◆◆◆◆

唇から零れる息は白く染まり乾いた空気に溶け消える。冷たい風が腰まで伸びた赤茶色の髪をなびかせながら吹き抜けていく。

ユーネは寒さに身を震わせながら、ひたすら馬車を待っていた。

年末を目前にし、辻馬車の待合所は大勢の人で溢(あふ)れている。ここにいる皆が大通りを眺めながら馬車の到着を待ちわびていた。これから家族のもとに帰るのか、それともどこかに旅立つのか、大きな荷物を抱えている人も多い。

しかし、身軽な者もちらほらいた。辻馬車に乗るのではなく、降りてくる者を迎えに来た人たちである。

もうすぐ十八歳になるユーネもその一人だった。

赤茶色の髪と碧の目はこの国ではよくある組み合わせで、この待合所にも同じ特徴を持つ人がちらほらいる。ユーネの四つ下の弟も同じ色の髪と目だ。

今日は、その弟が遠方にある独立学校(インディペンデントスクール)から帰省する日だった。九月に入学した彼は学生寮で生活しており、学期(ターム)の間にある一週間程度の休みに久々に帰ってくるのだ。

(あの子と三ヶ月も離れるだなんて初めてのことよね。もう声変わりとかしたのかしら？背もぐんと伸びてたりして)

久々に弟と会えると思うとユーネの心は躍り、凍えるような寒さも耐えられる。

「おっ、来たぞ」

到着を知らせる誰かの声に、その場にいる全員が喜んだ。

馬車に乗らないユーネは後ろのほうで待つ。停車した馬車から人がぞろぞろと降りてくるが、弟が出てきたのは最後だった。誰もが早く降りたいと思う中、順番を他の人に譲ってしまうのがお人好しの弟らしい。

「おかえり！」

声をかければ、驚いたように振り返った弟は苦笑いを浮かべた。

「姉さん、迎えに来てくれたんだ。わざわざいいのに」

「家で待っていられなくて。わあ、荷物いっぱいね。持つの手伝うわよ」

ユーネは弟の荷物を半分奪う。

「姉さんは元気そうだね」

「ええ、もちろん！　あなたも元気そうだし、変わりなさそうね。身長もそんなに伸びてないし、声変わりもまだみたい」

「入学してから三ヶ月も経ってないんだよ。そんなに急に変わるはずないでしょ」

呆れたように言う弟と歩き始める。ユーネの家は待合所から徒歩で三十分ほどの場所にある。

「でも、顔つきは少し大人っぽくなったわ」

背も声も変わっていないけれど、表情はたくましくなった気がする。寮生活で揉まれて精神的に成長したのかなと勝手に考えて、ユーネは微笑ましく感じた。

「僕は久しぶりって気はしないよ。姉さんったら毎週手紙を送ってくるんだから」

そう言った弟は少し迷惑そうだった。

「もしかして嫌だった？」

弟は律儀な性格だ。特別な連絡でもない限り彼のほうから手紙を送ってくることはないが、出せば必ず返事をくれる。だからユーネは弟の学校生活が知りたくて、週一回の頻度で手紙を送ってしまった。さすがに送りすぎだったのかもしれない。

「別に嫌じゃないけど、僕の友達と先生との間で姉さんはちょっとした有名人だよ」

「手紙を出すのってそんなに珍しいかしら。確かに毎週は多すぎるかもしれないけど」

「そうじゃなくて、手紙の内容のほうだよ。僕が学校で習ったことを書くと、それに対する姉さんの意見が届くだろう？　それをルームメイトに偶然見られた後に先生にまで広がって、今では先生も姉さんの手紙を楽しみにしてるんだ」

「ええっ。あんな思いつきで書いたようなことを先生まで読んでいるの？」

ユーネは驚いて目を瞠る。

昔から学ぶことが大好きだったユーネは図書館に入り浸って本を読みあさっていた。哲学書から化学書、それこそ兵法書に至るまで多岐にわたり、自国の歴史だけでは飽き足らず他国の歴史書や法律書まで手を出している。

弟に毎週手紙を出しているのは彼の様子が気になるのは当然のこと、授業でなにを学んだのか知りたかったからだ。その内容が手紙に記されていれば、つい色々と書きたくなってしまう。ユーネが彼に送る手紙はいつも分厚く、仕事で得た賃金は紙とインクと郵便代にかなり費やされていた。

寮生活だから、ルームメイトに手紙を覗かれることは予想がつく。だからユーネは誰に見られても弟が恥ずかしくならない内容の手紙を送っていたつもりだ。家族の様子についても笑い話は省いている。

それがまさか、先生まで手紙を読む事態になっているなんて。

「先生、すごく感心してたよ。姉さんが男だったら教えてみたかったって」

「……そう。それは残念ね」

ユーネは双眸（そうぼう）を細める。

——この国では学校の歴史はまだ浅い。二十年前にできたばかりだ。

十三歳から十八歳の子が通う独立学校は貴族だけが入学を許可されるものや、試験に合格すれば身分に関係なく通えるものまで様々である。

ユーネの家は父親が王宮に勤める騎士ではあるが爵位はなく、弟は身分に拘（かか）わらず通える独立学校に入学した。弟は文官になりたいらしい。そのための国試の受験資格が独立学校の学位なので、家を出て遠方で頑張っているのだ。

　しかし、この国の独立学校は男しか入れない。ユーネは女に生まれたというだけで、学校で学ぶ機会を得られなかった。

　勉強が大好きなユーネがどれだけ学校に入りたかったのか、弟は知っている。だからこそ、姉に付き合って毎週手紙を送っているのだ。学校に通えなくても、せめてどんなことを授業で学んでいるのか味わえるように、と。

「そうそう。姉さん、イェラ国って知ってる？」

「ここから船で一週間くらいの場所にある遠い国よね。とても文明が発達していて、たくさんの人と荷物を載せて走る蒸気機関車という乗り物があるんですって！　線路っていう鉄でできた道の上を走るのよ」

　イェラ国はこの世界で一番の先進国だ。この国で身近に使われている技術も、元をたどればイェラ国で開発されたものばかりである。

「金持ちのクラスメイトがその国で蒸気機関車に乗ったって言ってたよ……じゃなくて。そのイェラにある国立大学は入学試験がすごく難しいらしいんだけど、合格すれば身分も性別も、国籍だって関係なく入学できるんだって。しかも、成績上位者なら授業料が免除。姉さんなら余裕で上位に合格できるんじゃないかな」

弟が目をきらきらさせながら言う。

(そういえば、前の手紙にとっておきの土産話があるって書いてあったわ。これを伝えたかったのね)

弟の気持ちが嬉しくて、ユーネは微笑みを零した。だが、伝えなければいけないことがある。

「イェラ国立大学のことは知っているわ。たとえ王族でも合格基準を満たしていなければ容赦なく落とすし、身分で成績を忖度しないし、生徒は皆平等で学びたい者にとっては最高の大学だって。私も気になっているし、もうすぐ十八歳になるから入試を受けられるけれど……そこまでの旅費を工面するのは家では無理そうだわ」

騎士である父親のおかげで、ユーネの家は庶民にしてはそれなりに高給取りだが、裕福なわけではない。

そもそも、ユーネには彼以外にも二人の弟がいる。その弟たちもゆくゆくは独立学校に入学するだろう。

三人分ともなると、独立学校の学費と寮費はかなりの高額となる。今後のために父親は貯蓄をしていた。そんな状況で、海外にある大学の試験を受けたいから交通費を出してくれなんて、とても言えない。

ユーネも市場で賃仕事をしているが、それで稼げる額などしれたもの。渡航費には遠く及ばない。たとえ弟への手紙代を節約したところで、どうにもならないだろう。

　渡航費以外にも生活費だってかかる。食費や部屋の賃料、おそらくは高額となる分厚い専門書代など、そのお金を工面するのは至難の業だ。大学に通いながらできる賃仕事では到底まかなえない。

　それに一番下の弟は身体が弱く、しょっちゅう医者の世話になっている。大きな病気にかかるかもしれないから、いざという時の稼ぎ手として家にいたかった。

（どう考えても私が留学できる可能性なんてないわ）

　実はイェラ国立大学のことは気になっていたので、とっくに調べつくしていた。ユーネなら難しい試験にも合格できるだろうし、授業料も免除してもらえると思うが、どう考えても行くのは現実的な話ではない。

「そっか……。なんか、ごめん」

　弟の表情が一気に暗くなる。

「ううん、気持ちが嬉しかったわ。ありがとう。それに、いつも手紙を送ってくれるだけで嬉しいの。でも、あなたは勉強があるのだから、手紙だって無理はしなくていいのよ」

「いや、手紙は送る。絶対に送るから。授業のこといっぱい書くよ」

「優しい子ね」

　弟の頭を撫でようと手を伸ばせば、「やめてよ」と避けられてしまう。十三歳ともなると、往来で触られるのは嫌なようだ。

空気が重くなってしまったので、ユーネは話題を変える。

「そういえば、今日の夕飯はあなたの好きなものよ。母さんがはりきって作っていたわ」

「えっ、なんだろう」

ユーネの意図を察して、弟も明るい声色で話に乗ってくる。イェラ国立大学の話はそれでもう終わったはずだった。

――再びその名前を聞くことになるのは、翌日のことである。


ユーネの家は古いながらも立派な一軒家だ。子供たちはみんな自分の部屋がある。これも父親が庶民が就ける職業の中では高給取りである王宮勤めの騎士だからだ。庶民の大半は集合住宅に住んでいるし、そこには子供の個室なんてない。ユーネが渡航できるほどの蓄えはないが、普段の生活は中の上――そのような経済状況だ。

弟が帰ってきた翌日、非番の父親に来客があった。父親は独身の部下を食事に招待することもあるので、誰かが家に来るのは珍しくない。

しかし家の前には豪奢な装飾の馬車が駐まっていた。おそらく貴族のものだろう。両親が対応しているが、ユーネと弟たちは一体何事かと落ち着かずにいる。

貴族なら自分の屋敷に父親を呼び出せばいい。それを、わざわざ相手のほうから出向いてくるなんて気になってしまう。

ユーネは自分の部屋に弟たちを呼んで、「どうしたんだろう」と答えの出ない会話をしていた。

すると、廊下がぎしぎしと音を立てる。家が古いので、誰かが部屋に近づいてくるとすぐにわかった。

「この足音は母さんだわ」

そう言った数秒後、扉がノックされる。

「ユーネ。お客様があなたに用があるみたいなの」

「えっ？　私に？」

両親の客人だと思っていたユーネは驚く。

「姉さんは年頃だし、もしかしたら縁談とかじゃ……」

一番上の弟が呟いた言葉にどきりとした。

ユーネはもうすぐ十八歳。この国での結婚適齢期は二十半ばだが、十代で早々に嫁ぐ女性もいる。

もしかしたら貴族の目にとまったのかもしれないが、ユーネは目立つような金の髪も持っていないし、とびぬけて美人なわけでもない。そもそも、市場の賃仕事では貴族と接する機会などない。

（なにかしら……）


　どきどきしながら母親についていく。

　この家には客間のような洒落(しゃれ)た部屋はなく、食卓のある一番広い部屋に客人を通していた。粗末な木の椅子に腰掛けていたのは、皺(しわ)ひとつない黒服を着た老執事と美しいドレスに身を包んだ女性だった。

　彼女はユーネと同い年ぐらいに見える。自分と同じように茶色い髪と碧の目をしているが、顔立ちは全然似ていない。

　この家にまったく相応しくない装いをした彼女たちは、ユーネを見ると安堵の表情を浮かべた。

「髪の色も目の色も同じ。背の丈も年もお嬢様と変わりません。これなら大丈夫かと」

　ユーネの頭の天辺からつま先まで観察し、執事が言う。

「はじめまして、ユーネです」

　スカートの端を持ち上げて軽く頭を下げると、ドレス姿の女性が立ち上がった。

「はじめまして、わたくしはレーヴン伯爵家のアマリアよ。わたくしの弟があなたの弟とクラスメイトなの」

「そうなのですね。弟がいつもお世話になっております」

　ユーネは再び頭を下げた。

弟の通う学校は庶民だけではなく貴族もいる。クラスメイトである伯爵家の令息と仲よくしている話を昨夜聞いたばかりだ。家名までは聞かなかったが、おそらくこのレーヴン伯爵家の子なのだろう。

「こちらこそ。実は弟からあなたの話を聞いたの。とっても頭がいいのでしょう？」

「学校に行ったことがないので自分の学力がどの程度のものかはわかりませんが、勉強は趣味です」

「勉強が趣味なんてすごいわ。そんなあなたにお願いがあるの。わたくしの代わりに大学に行って、勉強してきてくれないかしら？」

そう言うや否やアマリアはユーネの手をがしっと摑んできた。

「……えっ？　大学って……しかも、代わりに？」

ユーネは疑問符を浮かべる。すると、彼女の執事が説明を始めた。

「お嬢様には隣国に許嫁がおりまして、二十三歳になりましたら嫁ぐ予定です。しかし、隣国では急に学歴が重視されるようになりました。実は結婚式で新郎新婦の学位証明書を飾るのが最近の風潮なのです」

「まあ、そんな文化があるのですね」

結婚式の文化は国によって様々で、式当日に変わったものを飾る国もある。結納品を飾って財力を自慢したり、互いの家系図を飾って血統のよさを誇示したりという国は知っているが、学位証明書というのは初耳だった。しかも、隣国で行われているとは。

「去年ぐらいから急に流行(はや)り始めたようでして。隣国には女性のための独立学校があり、貴族のご令嬢ならどこかしらの学位を持っています。しかし、当然ながらこの国にある独立学校に女性は入学できませんので、お嬢様はなんの学位も持っておりません」

執事が眉根を寄せる。

「国外なら女性が通える独立学校があるといっても、年齢制限があるのでお嬢様は入学が許可されません。十八歳のお嬢様がなにかしらの学位手に入れるには独立学校ではなく、その上の組織となる大学に行くしかないのです」

「大学に……！　それは大変ですね」

ユーネは目を瞠った。

成績が悪い子でも入れるような独立学校は、どの国にもある。しかし、大学となれば話が違った。

十代半ばの子がほぼ強制的に通わされる独立学校とは違い、大学は勉学に秀でた者のみが入れる組織である。入学の条件は十八歳以上という年齢と、試験に合格することだけ。ただし、その入学試験は当然難しく、合格を目指して何年も浪人する人もいるらしい。

基礎的な学問を学べる独立学校に通ったこともなければ、普段勉強をしていないレディが合格できる大学など、世界広しといえども見つからないだろう。

そもそも、この国の貴族女性の教養といえばマナーは基本として、座学なら貴族の姻戚関係や治める領地を把握しているか、それ以外は美しい姿勢を動かさずにどれだけ保っていられるかが重要視される。

アマリアはぴんと背筋を伸ばし、ヒールの高い靴を履いていても綺麗な姿勢を保っていた。この国における貴族女性としての教養は申し分ないのだろう。

しかし、勉学という意味では別だ。女性が入学できる独立学校のないこの国では、普通の令嬢は勉強をしない。ユーネが変わっているだけなのだ。

学力水準が低い他国の大学を探しても、今まで勉強をしてこなかったアマリアが合格するのは難しいかもしれない。

「もしこのまま結婚すればお嬢様は学のない嫁として後ろ指をさされてしまうでしょう」

「それは困りましたね……」

この国で結婚するなら、アマリアは素晴らしきレディとして引く手数多だろう。目もぱっちりしていて、口も小さくかわいらしい。しかも、レーヴン伯爵家といえば国内屈指の大富豪でもある。

そんな非の打ち所のない彼女でも、隣国となれば話が違ってくる。

（わざわざ隣国に嫁がなくても、婚約を解消して国内で相手を探せばいいのでは……？）

ユーネはアマリアを見た。すると、心の声を読んだかのように彼女が首を横に振る。

「そんな婚約、解消すればいいと思っているでしょう？　でも、そうはいかないの。わたくし、婚約者に恋をしてしまったのよ。絶対にあの人と結婚したいの」

アマリアの瞳は熱っぽくて艶があった。これが恋する乙女の眼差しなのかとはっとする。

勉強ばかりしていたユーネは恋をした経験がなく、本の中でしか知らない。でも、恋が持つ力は凄まじく、時に理不尽なことにも立ち向かってしまうものだと読んだことがある。

「そういうわけで、わたくしの代わりにアマリア・レーヴンとして海外の大学に行って学位をとってきてほしいの」

「事情はわかりました。しかし、そんなことが可能なのでしょうか……？」

「戸籍や海外渡航書には性別と年齢、国籍、そして目の色と髪の色までしか記入されないわ。あなたはわたくしと同じ特徴を持つし、同い年でしょう？　顔を知られていない遠方の国でなら、わたくしの戸籍で誤魔化せるはずよ」

確かに、ユーネとアマリアの顔はまったく似ていないけれど、髪と目の色は同じだ。背の丈も同じくらいである。年も変わらない。

さらに、外国人はこの国の人を見分けるのが難しいと聞いたことがある。自分たちにはまったく違う顔に見えるが、国外では皆似たような顔に見えてしまうらしい。遠い国なら誤魔化せるかもしれない。

「条件のいい大学を調べたところ、イェラ国立大学が相応しいのではないかという結論に至りました」

「イェラ国立大学……！」

憧れの大学の名前を出されて、ユーネはそわっと身体を揺らす。

「世界の大学の中でも入学試験が最難関な上、この国からは遠すぎるためイェラ国立大学に進学する者はほとんどおりません。さらに在籍する生徒の数が多く、在学中に交流を持つ生徒もほんの一握りと思われます。万が一、同じ大学出身の人と会う機会があっても誤魔化し通せるかと」

「なるほど……。でも、私が身代わりをしたところでその後の生活は大丈夫なのでしょうか？　たとえば、大学での知識を求められたら困りませんか？」

身代わりが上手くいき学位証明書を手に入れたとしても、アマリアが肝心の知識を得ることはできない。一時しのぎの証明書でその後の生活が上手くいくのか心配してしまう。

「それは大丈夫よ。結婚式の当日だけ誤魔化せればいいの。そもそも隣国では学位証明書の偽造や不正売買も極秘裏に行われているらしいのよ。社交の場でもあまり勉学の話は出ないらしくて」

「婚約者様もお嬢様のために学位証明書を入手しようと手を尽くしてくれたようですが、どうやら取り締まりが厳しくなったようで、怪しい業者とは関わりを持たないほうがいいだろうと。しかし結婚まではまだ時間があります。ここは正々堂々と身代わりを立てるのが最善かという話に至りました」

「正々堂々……ですか？」

　はたして、身代わりの入学を正々堂々と表現していいのだろうか？

（きちんと大学に行って、勉強して学位を取得するわけだから、書類を偽造するよりはまだいいのかしら？　……でも、本人は通わないわけだし、どちらがましという話ではないわ）

　正直なところイェラ国立大学にとても興味がある。学位証明書が自分の名前でなくても、その大学で学べるだけでユーネは幸せだ。

　すぐに断れずに迷いを見せると、執事がたたみかけるように言葉を紡いでくる。

「もちろん渡航にかかる費用は全額出しますし、入試で失敗してもかかった経費を請求することはありません。合格した際には、在学中にかかる費用を交友費に至るまですべて出します。当然、必要経費とは別に謝礼を用意しますし……そういえば、一番下の弟さんは身体が弱いとか。町医者では受けられる治療に限度があるでしょう？」

「まさか……」

「弟さんのために我々伯爵家が医者を紹介しましょう。ユーネさんが心置きなく国外で勉強できるよう、いかなる助力も惜しみません。弟さんだけではなくご家族のこともお任せください。お嬢様のために我々はなんとしてでも正式な学位証明書が必要なのです」

そう言って執事が契約書を出してくる。そこに書かれている額に目を瞠った。王宮騎士の父親ですら、その額を稼ぐのに何年かかるだろうか。今だってそこそこいい暮らしをしているが、このお金があれば生活はもっと楽になる。

（私がここを離れられないのはお金のこともあるけど、末の弟が心配だからなのよね）

なにかあった時のために、ユーネはここにいるべきだと思っていた。しかしユーネがいるよりも、伯爵家のお世話になったほうが弟の具合はよくなりそうだ。

ユーネは食い入るように契約書を読む。

執事の言う通り、たとえ試験に不合格だったとしてもユーネが不利益を被る（こうむる）ことはなかった。頑張って得た学位証明書がアマリアのものになる以外は最高の条件といえる。

ただし、条件がよすぎるからこそユーネは不安に感じた。

「謝礼金も驚くほどの額ですし、私にとっては得しかありません。だからこそ戸惑ってしまいます」

「我が伯爵家にとってはこの程度の額はどうってことないのです。それに、若い女性の四年間というのは本来ならばお金で買えるようなものではありません。一番楽しい時期を学位取得のために捧げていただくのですから」

それを聞いてユーネは納得する。

大学は卒業するまで四年かかる。十八歳で入学すれば卒業する時には二十二歳だ。

勉強が大好きなユーネにとって、その時期を勉学だけに注ぎこめるのはこの上なく幸せなことだが、普通の女性にしてみたら年頃の四年という期間は大きいのだろう。

「そう簡単に帰れる距離ではないから、もし入学できれば、次にこの国に帰ってこられるのは卒業をしてからだわ。四年間も家族に会えないのよ。それでも、わたくしのために行ってきてほしいの。だからどうかお願い。身代わりになってくれそうな人を探したのだけれど、あなたしか見つからなかったの」

アマリアが瞳を潤ませながら懇願してくる。

この国で勉強が好きな女性というのは希有だ。いたとしても、お金がある家の娘ならばとっくに海外に留学中だろう。ユーネが断ったとして、別の人が簡単に見つかるとは思えない。そもそも身代わりにはアマリアと同じ髪と目の色を持っていることが前提条件なのである。

「父さん、母さん……」

ユーネは両親を見た。すると、父親が問いかけてくる。

「ユーネ。お前はどうしたい？」

「正直、とてもいい話だと思ってるわ。私の学位証明書なんていらない。イェラ国立大学で勉強できるなら、それに勝る幸せはないわ。弟のこともお金のこともあるけど、それ以前に機会があるなら行きたいの」

家族のためではなく、自分の希望だと主張した。

本当のところは、末の弟のことが一番の決め手である。ただ、それを伝えれば両親は負い目を感じてしまうだろう。お互い気持ちよく話を進めるためには、ユーネの意志ということにしたほうがいい。

とはいえ、父親はそんなユーネの心情をお見通しのようだ。

「……そうか。俺が不甲斐ないばかりに、お前には苦労をかけるな。わかった。行っておいで」

「父さん……」

父親に続き、母親もユーネの背中を押してくれる。

子供たちの中で一番勉強したい欲があるのに、国内には女性の学校がなく、かといって留学もさせられないことが気がかりだったのかもしれない。両親は喜んで送り出してくれそうだ。

「わかりました。この話、受けさせていただきます」

ユーネははっきりと返事をした。アマリアがぱっと表情を輝かせる。

「まあ、ありがとう！」

「まだ合格していないので、喜ぶのは気が早いですよ」

まずは試験に合格しなければならない。渡航費だけでもかなりの額になるから重圧はあるけれど、それよりも試験を受けられることに胸が躍った。

今までは挑戦する権利さえなかったのだ。しかも、合格すればお金の心配をすることなく四年間大学に通える。

(この好機、絶対にものにしてみせるわ)

ユーネは契約内容を確認し、今後の日程を打ち合わせる。

――幸運にも手に入れた未来への切符が自分の人生を大きく変えることになるなんて、その時のユーネは予想もしていなかった。

第一章

磯（いそ）の香りがする湿った風が爽（さわ）やかに通り抜けていく。

レーヴン伯爵家の依頼を受けてから数ヶ月後の夏、ユーネはイェラ国立大学の門をくぐった。

そう、今日が大学の受験日なのだ。

新学期は九月からで、大学の入試は八月。かなりぎりぎりの日程だ。世界でも有名な大学ゆえに国外からの受験生も多いので、合格後に帰国せずとも大学生活を始められるように試験の日を調整しているらしい。

大学は港街にあった。このイェラ国は貿易が盛んで、港街では外国人をよく見かける。受験の時期はさらに多くの外国人で溢れかえる。ホテルもたくさんあるけれど、今はすべてのホテルが受験生でいっぱいだ。

ユーネもその外国人受験生の一人だ。レーヴン伯爵家が格式高いホテルを手配してくれたおかげで、ゆっくりと過ごせた。広い部屋で過ごせば一週間の船旅の疲れもすっかりとれ、体調も万全である。

ちなみに伯爵家のフットマンとメイドがユーネに同行してくれた。勝手のわからない国に一人で行くのは心許ないので、彼らがいてくれるのは心強い。

今日も彼らは大学の前まで送ってくれた。帰りも迎えに来てくれるらしい。受験生を狙った犯罪も多いと聞くし、彼らのおかげで試験だけに集中できるのはありがたかった。

受験票に記された名前はアマリア・レーヴン。伯爵令嬢として受け付けをすませたユーネは指定された教室へと向かう。

試験を受ける教室には落ち着かない様子の受験生たちがたくさんいた。分厚い参考書を読む者もいれば、そわそわと上半身を揺らしている者もいる。ぱっと見た感じでは七割がイェラ国の人で、残りが外国人のようだ。

ユーネは自分の受験番号が書かれた席に着いた。筆記具を準備し、落ち着いて試験開始を待つ。

身代わりの依頼を受けてから、この日のために勉強をした。

生まれてから一度も試験を受けたことがないので、問題文の独特な言い回しに慣れるまでは戸惑ったけれど、今は難しく感じない。伯爵家が用意した家庭教師にも合格は間違いないだろうと言われた。緊張することもなく、むしろ教室の中を面白そうに観察してしまう。すると、誰かの声が耳に届いた。

「えっ、イェラ法って今年改定されたばかりなのか？」

振り向けば、瓶底眼鏡をかけた青年が焦（あせ）った様子で近くにいた受験生の持つ法律書を指さしていた。

眼鏡の青年はユーネと同じように国外からの受験生らしい。彼が手にしていたイェラ国の法律書には五年前の年が印字されており、彼に指をさされたイェラ国民に見える受験生の真新しい法律書は表紙に改定版と謳（うた）っている。

法律問題は毎年必ず出題される。たとえ国外からの受験生であっても、この国で生活する以上は法律を知っている必要があるからだろう。

趣味で他の国の歴史まで勉強していたユーネは、興味本位でイェラ国の法律書も読んだことがあった。とはいえ自国の図書館にあったのは、あの青年が持っているのと同じ版である。

しかし、レーヴン伯爵家が受験対策に最新版の法律書を準備してくれたおかげで、ユーネは新しい知識を得られた。

法律は年始に改定されたが、国外からの受験組はその情報を得ていない人も多いらしい。教室の中がにわかにざわつく。

その様子を見てイェラ国民の受験生はにやにやと笑っていた。法律問題の得点配分は高く、外国人の受験生が問題を解けなければ自分が合格する確率が上がるからだろう。

「お願いだ、その法律書を見せてくれ。五分だけでいい」

「嫌だ。俺だって直前まで内容を確認するために重い本をわざわざ持ってきたんだ。誰が敵に優しくするか」

「そんなことを言わないでくれ。僕がここを受験できるのは、これが最初で最後なんだ。次なんかない。僕は今回、絶対に合格しないといけないんだよ」

「お前の事情なんて知るかよ」

眼鏡の青年は見るからに狼狽(うろた)えだす。彼はイェラ国民と思われる受験生に手当たり次第声をかけていくが、まともに相手をしてくれる者は一人としていなかった。

――そう、この場にいる全員が敵同士だ。定員は決まっており、あの青年が受かれば誰かが落ちる。そして、今回が最後の機会だという人は彼だけに限らない。ここにいるイェラ国の人だって、なにか事情があって来年は受験できないかもしれないのだ。

狭くはない教室の中で、眼鏡の青年などのイェラ国外からの受験組が動揺を露(あらわ)にする。しかし、外国人でも身なりのいい受験生は冷静に見えた。ユーネと同じように最新版の法律書を入手して対策済みなのだろう。

「ど、どうしよう……」

眼鏡の青年はめげずにイェラ国民に声をかけていく。しかし無言の団結というか、イェラ国の受験生たちは誰も救いの手を伸ばさない。ここで一人落とすつもりなのだ。

とうとう青年はユーネの近くまでやってきた。だがユーネの顔立ちはイェラ国のものとは違うので、ぱっと見で外国人だとわかる。声をかけられることもなく、彼は横を通り過ぎようとした。見かねたユーネが声をかける。

「五年前の法律はちゃんと覚えているのよね？　年始に改定された項目は、相続法第五条の……」

教室内にいる他の外国人にも聞こえるよう、少し大きめの声でユーネは端的に改定項目を告げる。青年を筆頭とする外国人受験生たちは喜んだが、イェラ国の受験生たちが睨んできた。

「余計なことをしやがって、この偽善者め」

舌打ちと共に非難の声が耳に届く。そんな彼らに言い聞かせるようにユーネは声を張り上げた。

「この法律改定を最初に提案した政治家は貴族党のマクリア議員よ。とても明るくて前向きな人なんですって。私はそういう人が好きだし、他人を失敗させることで自分の立場を上にするよりは、自分を磨くことで高みを目指す人になりたいわね。そのために私はこの大学で勉強したいわ」

睨んできた受験生たちは、この言葉を聞いて恥ずかしそうに俯いた。

マクリア議員はイェラ国内でとても人気がある。外国人であるユーネにこんなことを言われれば、教養がある者なら恥じるだろう。

これから受ける試験は他人を蹴落として合格するようなものではなく、自分の力を示すためのものだ。今までの知識を惜しみなく発揮し、この人物に学んでもらいたいと大学側に思わせる試験である。

眼鏡の青年は「本当にありがとう！」と何度も頭を下げ、自分の席に戻っていった。

（ん……？）

ふと、鋭い視線を感じる。顔を上げてみれば、ひときわ目立つ容姿をした青年がユーネのことをじっと見ていた。あの顔立ちはイェラ国民だろう。

室内でもきらきらと輝く金の髪は見事で、あそこまで綺麗な金髪にはなかなかお目にかかれない。深紅の目はルビーのようで上睫どころか下睫まで長く、まるで人形のようだ。

鼻筋もすっと通っていて唇の形もいい。

ユーネは今までの人生でたくさんの人と出会ってきたけれど、その中でも彼は一番美しい顔をしていた。背筋もぴんと伸びているし、机の下で組まれた足はとても長い。着ている服も上質な布が使われている。彼はイェラ国の貴族なのだろう。

教室の中で彼は他の受験生と雰囲気が違う気がした。なにをしているわけでもないのに、ただ座っているだけで人目を引く。

そんな彼がじっとユーネを見ていた。悪目立ちしたばかりだし、こうして見られるのはおかしいことではない。

――ただ、なにか引っかかる。

（あの人に改定法を教えたから睨んでいるのかしら？　でも、睨んでいるのとは少し違う気も……）

あの眼差しに恨みが籠もっているようには感じない。しかし、彼に見られるとなんだか落ち着かない気分になってくる。

鋭い視線と言うよりも、どこかねっとりと絡みつくようなものを感じた。胸がざわつく。

（……いけない。今は試験に集中しなきゃ）

ユーネは彼から顔を背けた。まだ見られている気がするけれど気にしてはいられない。自分にとって一世一代の大切な試験なのだ。

ぐっと拳を握りしめると、試験監督が入ってきて教室の空気がぴりっと引き締まる。大きく深呼吸をし、ユーネは試験に挑んだ。

◆　◆　◆　◆

試験を終えた受験生の顔色はそれぞれで、清々とした表情の者もいれば、青ざめている者もいる。

もちろんユーネは軽やかな足取りで大学の外に出た。わからない問題はひとつもなかったし、自分でもよくできたと思う。採点間違いさえなければ合格できるだろう。

試験中も背後からただならぬ視線を感じたけれど、気を散らすことなく集中できた。

伯爵家の使用人と合流し、ホテルまで歩いて移動する。辻馬車を拾ってもいいが、ただでさえ高そうなホテルに泊まらせてもらっているのに、さらにお金を使わせるのは気が引けた。それに、海外の土地を歩いて味わいたい。

そう遠い距離ではないので、使用人たちも歩くことに賛同してくれた。彼らも異国の街並みを歩くのは楽しいようだ。

港街は観光客も多いからか様々な店が並んでいる。自分の国にはない類の店を見つけては面白がっていると、ホテルに近づくにつれ騒がしくなっていく気がした。

「なんでしょう。人が集まっているようですが……」

「潮の匂いに混じって、焦げ臭い感じがしませんか？」

なにやら嫌な気配がする。自然と早足になりホテルに向かえば、ユーネの宿泊していた建物から小さな火が上がっていた。美しい出窓から真っ黒な煙が立ち上っている。

「火事だわ！」

不幸中の幸いか火の手はまだ弱い。今なら大事になる前に消し止められそうだ。

ホテルの従業員たちが、近くにある海から桶に海水を汲んで運び、懸命に消火に当たっていた。

しかし、ホテルの周りには身なりのいい貴族たちが燃える建物を見守っているだけで、消火を手伝いもせずに突っ立っている。最善を尽くせば大事にならずにすむのに、周囲の貴族たちは見守るだけで消火を手伝おうとはしなかった。

火の手が回ることを危惧し、商店街の者たちも消火に協力しているようだが、庶民だけでは人手が足りないように見える。

「ねえ、消火を手伝いましょう！」

ユーネが駆け寄ろうとすれば伯爵家のフットマンに腕を摑まれた。

「いけません、お嬢様。貴族令嬢ともあろうおかたが、そんなはしたない」

「そうですよ。まずは安全なところに避難しましょう」

メイドもユーネを燃え上がるホテルから遠ざけようとする。

――そう、ここでのユーネはアマリア・レーヴン伯爵令嬢。使用人たちはユーネをお嬢様と呼び、ユーネも他国の貴族令嬢として振る舞う必要があるのだ。服装だって、国を出る時からレーヴン伯爵家として恥ずかしくない綺麗なドレスを着せてもらっている。

今、この場にいる貴族たちはなにもせずに火事を見物している。ユーネもそれが伯爵令嬢としてとるべき行動だということはわかっていた。

　しかし、ユーネは本物の貴族ではない。そして今ならまだ間に合うのだ。このままでは火を消し止められず、ホテルどころかこの美しい街に燃え広がってしまうかもしれない。

「消火を手伝うのは一人でも多いほうがいいわ。あれを見て、今踏ん張れば消せそうなの。でも、この様子では火が回って他のお店にも燃え移ってしまう。そうしたら職を失う人が大勢出てしまうわ」

「それはそうですが……」

　長い船旅の間に彼らの個人的な話を聞いていた。フットマンの実家はパン屋で、メイドの実家は靴屋。つまり、二人とも親が商いをしているのだ。

　火事で店を失った者がどうなるのか、彼らも想像に難くないだろう。

「それでは俺たちが消火を手伝ってきます。お嬢様はここでお待ちください。目立つわけにはいきません」

「いいえ、一人でも多いほうがいいわ。目立ったとしても、どうせ外国人の顔の区別はつきにくいでしょう？　それに、こうすればいいわ」

　ユーネは大きなハンカチーフを取り出すと口元を覆うように縛る。消火に当たっている人たちは煙を吸いこまないよう、布で鼻と口を隠している者もちらほらいた。

「確かにこの騒ぎですし、顔半分を隠してしまえばお嬢様だとわかりづらいかも……」

「なにか言われたら、似ている別の人ということで誤魔化せばいいのよ。それに、私は役に立つわ」

市場の賃仕事では果物がたくさん入った重い木箱を運ぶこともあり、身体は鍛えられている。すでに彼らの前で重い荷物をひょいと持ち上げて驚かせたこともあった。

もしユーネが本物の貴族令嬢で非力な娘だったら彼らは全力で引き留めていただろう。しかし実際はそこそこ腕力があり、彼らと同じ庶民なのだ。

「わかりました。ただし、お嬢様は俺と彼女の間にいてください」

フットマンはここで押し問答をしているより、一刻も早く手伝ったほうがいいと判断したらしい。メイドも覚悟を決めたように頷く。

そしてユーネたちは消火活動に加わった。

「おい、あれ……！　どこかの令嬢が消火を手伝っているぞ」

いかにもお金持ちの貴族ですというドレスを着た娘が消火の輪に加わる。案の定目立ってしまったが、そのおかげでいい方向に話が転んだ。

「いたいけな娘さんが手伝っているというのに、いい年してあんたはただ見ているだけなの？」

「この街が燃えたら、あんたたちの商売にだって影響が出るでしょう？」

ただ見ているだけの貴族たちに野次が飛ぶ。

本来なら貴族はこんなことをするべきではない。とはいえ、立派なドレス姿のユーネが手伝っている手前、協力しないとは言いにくいようだ。

さすがに貴族女性は手伝わなかったが、どんどん貴族男性たちが消火活動に加わっていく。人が増えればそれだけ海水を運ぶ速度も上がり、目に見えて効果が出てきた。桶だけでなく、水の入る容器ならなんでも持ち出して総出で消火に当たる。

見ているだけの貴族たちが消火に加わり、さらに自警団もやってきて、ユーネの予想以上に火を早く消し止められた。

どこからともなく拍手が上がる。

「ふう……。よかったわね」

手の甲で汗を拭う様子は、とても貴族令嬢には見えない。しかし、その場にいた誰もがなりふりかまわず互いを労りあい、最初は見ているだけだった貴族男性たちも商店街の住民と「よかった」とにこやかに笑っていた。

「ところで、このホテルって泊まれるのかしら……?」

燃えていた場所はユーネたちの部屋とは離れている。フットマンがホテルの従業員らしき者に声をかけ確認していたが、やがて慌てて戻ってきた。

「駄目です、今日はこのホテルには泊まれません。別のところを探してくださいとのことです」

消えたように見えても実は火種が残っていて、再び燃えるというのも珍しくはない。危険だから泊まれないというのはもっともである。

「今から新しい宿を手配するって……この時期なのに大丈夫かしら？」

受験生がいるからどこのホテルもいっぱいだ。ユーネたちが泊まっていたホテルは大きく、かなりの人数が滞在していたと思われる。はたして全員の受け皿があるのだろうか？

「すぐに探しましょう！　お嬢様はあそこの喫茶店で休んでいてください」

フットマンとメイドはお茶代を手渡してくると走りだす。

いくら格式高いホテルとはいえ、伯爵家の使用人が部屋を出る時にお金を置いてくるような真似はしない。ホテルに入れなくてもお金の心配はしなくてもいいだろう。

だが、今からこの港街で泊まれるホテルを探せるとは思えない。燃えたホテルに泊まっていた宿泊客は富裕層ばかりだ。はたして、彼らは消火活動に参加しただろうか？

(きっと早々に見切りをつけて別のホテルに移ろうとしたに違いないわ)

どこかのホテルに空きがあったとしても、消火している間に埋まってしまったと思う。探したところで見つけるのは難しいだろう。

ユーネは気を取り直してホテルの従業員らしき服装の者に声をかける。

「大変な時にすみません。お伺いしたいことがあるのですが」

従業員は真っ先に消火活動に協力した貴族がユーネであることを把握していたようだ。

顔の見分けはつかなくても、煤で黒ずんだドレスで気付いたようである。深々と頭を下げながらお礼を言われた。

「いえいえ、当然のことをしたまでです。ところで、蒸気機関車は夕方まで走っているのですよね？　機関車が駐まる駅の中でホテルがたくさんあるところを教えていただけますか？」

ユーネが訊ねれば懇切丁寧に教えてくれた。

――そう、わざわざこの港街でホテルを手配する必要はない。入学試験は終わった。合格発表は一週間後だが、それまで港街に滞在し続ける必要はないのだ。

貴重な空き部屋は港街に用事がある人に譲るべきである。せっかく蒸気機関車という移動手段があるわけだし、ここからそう遠くない街に泊まればいいだけの話だ。

（それに、一度でいいから蒸気機関車に乗ってみたかったのよね！）

ユーネたちは余裕を持って出発していたので早めに入国していた。とはいえ、大切な試験の日まで遊び歩くわけにもいかない。

試験に時事問題が出るかもしれないと、試験までの間は新聞や大衆紙をかき集めて読みあさっていた。受験会場でマクリア議員の人となりを言えたのも情報収集の賜物である。

しかし、ユーネは蒸気機関車が密かに気になって仕方がなかった。ホテルの窓からは駅が見えたので、真っ黒な機体を遠目に見ながら胸を躍らせていたのである。頻繁に様子を窺っていたから、最終列車が夕方であることも知っていた。念のためその時刻も聞く。

顧客からよく聞かれる内容なのか、ホテルの従業員はすらすらと教えてくれた。どこのホテルも空き部屋がないだろうし、フットマンたちも早々に諦めて戻ってくるはず。それから移動しても十分間に合いそうだ。

今夜の宿泊場所に移動するためという大義名分のもと、蒸気機関車に乗れそうである。早く帰ってこないかなとユーネはそわそわしてしまう。

──だが、ユーネの予想よりも遥かに早くフットマンとメイドが戻ってきた。しかも、見覚えのある男性と一緒に。

「あれは……」

フットマンたちと一緒にいるのは受験会場でユーネをじっと見てきた金髪の男性だった。なぜ彼がここにいるのだろうか？

「お嬢様！　一時はどうなることかと思いましたが、宿泊先はなんとかなりそうです」

「ええと……、それは、どういうこと？」

困惑したユーネに金髪の男性が声をかけてくる。

「やあ、こんにちは。また会ったね。アマリア・レーヴン伯爵令嬢」

会場とは違い、彼は人好きのしそうな爽やかな笑顔を浮かべた。

「ごきげんよう。ええと、あなたは……」

「俺はセヴェステル・トゼ。この国の公爵だ」

「……！　公爵様でいらっしゃいましたか」

公爵家の子息ではなく公爵と名乗った。それはつまり、彼——セヴェステルはユーネと同じ年頃に見えるのに、もう爵位を継いでいるということだ。しかも公爵ということは、王族に連なる高貴な血筋でもあるだろう。

（トゼ公爵って、確か……）

時事問題対策として、この国についてから新聞や大衆紙を読みあさっていた。新聞は最近のことしか載っていないが、大衆紙は過去の出来事を掘り下げている記事もある。

その中に、数年前に起きた公爵邸の火事について書かれているものがあった。公爵と夫人が死亡し、彼らの息子だけが火傷を負いながらも助かったのだという。

その公爵家の名前がトゼだった気がする。

「公爵様が、一体なんのご用でしょうか？」

「君が消火活動に参加するのを見ていたよ。あの様子じゃ燃え広がると思っていたけれど、君がその立派なドレス姿で飛びこんでくれたから、傍観するだけだった他の貴族も消火を手伝わざるをえなくなった。君のおかげで最小限の被害ですんだよ。下手すれば、街中に燃え広がっていたかもしれないのに」

「……当然のことをしたまでです」

ユーネは素っ気なく答えた。

自分の身分は偽りである。あまり貴すぎる人物と交流を持たないほうがいいだろう。あとあと厄介なことになったら困る。

「俺もこの港街の美しさは気に入っていてね。君はこの街を救ってくれた恩人でもある。イエラ国の公爵として、ぜひ君にお礼をしたい。君の使用人から泊まる場所がなく、困っていると聞いたよ。ぜひ我が屋敷に来てくれないか？」

「えっ……」

ユーネがフットマンとメイドを見ると、彼らは「この申し出を受けるべき」と言わんばかりの顔で、うんうんと大きく頷いていた。

「困っていたところ、公爵様にお声がけいただいたのです」

「もうどこのホテルも満室です。しかし、お嬢様に野宿をさせるわけにはいきません。ここはお言葉に甘えましょう」

「とてもありがたいのですが、前触れもなくいきなり三人も押しかけるだなんて公爵様のご迷惑になるのではないかと」

ユーネは生粋の庶民である。受験までの間、勉強と並行して伯爵令嬢らしい振る舞いも覚えたけれど、本物の貴族の前ではうっかりボロを出してしまうかもしれない。怪しまれたら誤魔化しきれない可能性がある。

（それに、蒸気機関車に乗りたいわ！）

せっかくの好機だ。ここは穏便に断って別の街のホテルへ移動したい。

「迷惑なんてとんでもない！　この美しい港街を守ってくれた君に国を代表してお礼をしたいんだ。ぜひとも合格発表までうちに滞在してくれ。心をこめてもてなそう」

「……っ」

公爵に「国を代表してお礼をしたい」とまで言われてしまった。ここで断っては彼の顔に泥を塗るようなものである。

ユーネは渋々彼の申し出を受けることにした。

「ありがとうございます、公爵様。実はとても困っておりました。それでは、お言葉に甘えさせていただきます」

そう言えば、セヴェステルはとても嬉しそうに笑った。

「そうか！　君が困っていたところを助けられるなんて、これはもう運命かな。さあ、そうと決まれば移動しようか。うちの馬車に乗るといい。そうそう、俺のことは公爵じゃなくてセヴェステルと名前で呼んでくれ」

かなりの早口でまくし立てられ、ユーネは圧倒されてしまう。

（受験会場では私のことを睨んできたと思ったのに、印象がかなり違うわ。もしかして、私が消火に役立ったから好感を持たれたのかしら……）

セヴェステルは若干引き気味のユーネの手をとって歩きだした。エスコートのつもりかもしれないが、異性に手を握られるとどきどきしてしまう。
「公爵様、手は……」
「セヴェステルと呼んでくれ。……ああ、君の手はとてもすべすべしていて、温かいね」
彼は微笑みながら、指先で掌をくすぐってくる。思わず、小さな声で「ひっ」と漏らし
てしまった。
助けを求めるようにフットマンたちを見れば、「この公爵は難ありかもしれない」と今
さら気付いたように青ざめている。しかし、他国の公爵を注意できる身分ではないので力
なく首を横に振った。どうやら、ここはユーネが我慢するしかないらしい。
（悪い人ではなさそうだけど、ちょっと独特な人みたい）
まだ少し会話をしただけだが、セヴェステルからはなんとも形容しがたい妙な雰囲気を
感じる。
連れていかれた先に停まっていた馬車はさすが公爵家のもので、驚くほど立派な作り
だった。もし普段なら、これほどの馬車に乗れるだけで舞い上がっていただろう。
だが、ユーネは蒸気機関車に乗りたかったのだ。せめて、最後にもう一回だけ抵抗して
みようと思う。
「私は今、煤で汚れています。このまま乗れば、この素晴らしい馬車を汚してしまうかも

しれません。それは畏れ多すぎます」

この馬車ひとつで庶民の家が一軒は建ってしまうほど、すごい代物だろう。他国の伯爵家の令嬢が汚すことを躊躇してもおかしくは思われない。

馬車を前に足を止めれば、フットマンたちがユーネを諫めることもなかった。

「そ、そうですね。俺たちも汚れていますし、汗臭いです」

「ええ、わたしもです。公爵家の馬車を汚すわけにはいきません」

彼らが自分の気持ちを汲んでくれたことに心の中でぐっと拳を握りしめる。

「私だけでなく、見ての通り使用人たちも酷い有様です。この国の公爵様に失礼を働くわけにはいきません。それに、宿についてもご心配には及びません。港街のホテルが満室でも、蒸気機関車で別の街に移動すればいいのですから……って、ええっ？」

宿泊先に困っていないと伝えている最中に、ユーネはいきなりセヴェステルに抱き上げられた。

「君が馬車を汚すのを躊躇するなら、俺がこうして抱っこしてあげよう。俺の服ならいくらでも汚していい」

「いえいえいいえ。公爵様のお召し物を汚すのも抵抗があります。それに、使用人たちも汚れておりますし」

「気にすることはないさ。とはいえ、さすがの俺も三人一緒に抱き上げるのは無理だ。君たちは普通に乗ってくれ。まさか、この俺が馬車を汚されたくらいで文句を言うとでも思っているのかい？　汚れたなら綺麗にすればいいだけだし、君たちは恩人だぞ。さあ、早く」

　セヴェステルはユーネを横抱きにしたまま馬車に乗りこむ。ユーネが馬車に乗った以上、同乗しないわけにはいかないとフットマンたちも大人しく後に続いた。

　彼は腰を下ろした後もユーネを一向に放してくれない。

「あ、あの、公爵様……いえ、セヴェステル様。そろそろ下ろしてください」

同じく煤で汚れた使用人たちが普通に座っているのだから、ユーネ一人が彼の膝の上にいても意味がない。馬車の中の雰囲気がとても気まずいので下ろしてほしかった。

　それなのに、セヴェステルは小首を傾げる。

「どうして？　君は馬車を汚したくないんだろう？」

「だからといって、このままではセヴェステル様の服を汚してしまうではありませんか。それに私は子供ではありません。こうして膝に乗せられると恥ずかしいです」

「ん？　恥ずかしいだって？　それはつまり、出会ったばかりのこの俺を男として意識しているから、胸がどきどきしてしまうということかい？」

「……は？」

「君とはまだろくに話していないけれど、こんなにも意識されているなんて！　イェラ国は美男美女が多いけれど、俺ほど顔がいい男はそうそういないからね。すぐに好意を抱いてしまうのはわかるよ」

なにがわかるというのか。彼のとんでもない勘違いにユーネは言葉を失ってしまう。沈黙すれば、「照れているのかい？　かわいいね」と至近距離で微笑まれた。彼は自覚している通り容姿はとても美しいと思う。しかもいい匂いまでする。

（確かに顔はいいわ。でも、性格がちょっと……）

目を逸らせば「まだ照れているのかい？」と言われるし、じっと見つめれば「こんなに近くで見つめてくるとは、なんて情熱的な人なんだ」と言われてしまう。

ユーネは今までたくさん勉強をしてきたし、かなりの知識を持っている。読書量も多いから恋愛小説だって数えきれないほど読んできた。

それでも、今どうしたらいいのかわからない。使用人たちに視線を向ければ、彼らも困り顔を浮かべるだけだ。奇人を前にして戸惑っているのだろう。

試験に出たどんな問題よりも、この状況を切り抜けるのは難しいとユーネは思った。

◆◆◆◆

――セヴェステル・トゼの父親は国王の弟であり、とりわけ高貴な血が流れている。

そんな身分でも、国立大学に入るためには他の貴族や一般市民と同様に入学試験に合格しなければならない。大学の創設時、王族といえども特別扱いはせず、試験も評価も学生はすべて平等にすると定められたからだ。歴代の王子の中には合格できなかった者だっている。

その方針は結果として大学の質を保ち、今や遠い国からの留学生も絶えない。大学の定員は決められているが受験者は毎年増え、学生の学力は年々向上している。

自国を豊かにするために他国を侵略して資源を奪う——そのような乱世はとっくの昔に終わった。国防のために武力をなおざりにはできないが、国を発展させるにはまず知識と教養が必要である。

かつての国王は先見の明があった。各国が軍事学校を設立する中、イェラ国は学力を重視した大学を設立したのだ。設立当時は他国から馬鹿にされたが、近年はどこの国も競いあうように大学を作るようになったことから結果は明らかである。

イェラ国は多くの『世界初』を獲得し、蒸気機関車が走っているのはこの国だけだ。多くの物資と人間を運ぶ乗り物は魅力的であり、世界各国からひっきりなしに蒸気機関車を売ってほしいと交渉を持ちかけられる。機関車事業は売るだけで終わりではなく、指導や定期的な整備など長期的に関わっていく必要があるので、一度売買契約が結ばれれば巨万の富を生むだろう。

今やイェラ国では学力が重要視されている。いくら貴い血筋でも学力を持ち合わせていなければ陰で笑われ、大衆誌にできそこないと面白おかしく書かれてしまう。

そういう経緯で、受験資格を得られる十八歳になったセヴェステルは国立大学を受験した。

かつて大学を首席で卒業した者を家庭教師として招いて試験対策を立てたし、もともとセヴェステルは頭の回転が速いようで、試験に対してはなんの心配もしていなかった。問題なく合格し、四年後には学位を取得して家柄も学力も申しぶんのない公爵として社交界の頂点に君臨するだろう――そんな未来図をセヴェステルは思い描く。

試験当日、会場にはイェラ国民だけでなく外国人の受験生がたくさんいた。喜ばしいことだとセヴェステルは感慨にふける。

しかし、試験が始まる少し前に外国人受験生の一人が法律のことで騒ぎだした。

近隣の国ならまだしも、海を越えるほど遠くの国まで法律改定の話は伝わらないだろう。法律は間違いなく入試に出題されるし、知らなければ焦るのはわかる。

焦った彼は周囲の受験生に法改定について聞き回ったが誰も答えない。聞かれたら教えてあげるつもりだったが、外国人から見てもセヴェステルはひときわ違う雰囲気を放っていたからか、声をかけられることはなかった。やんごとなき立場の人だと思い、声をかけるのを躊躇（ためら）ったのだろう。

(自ら好機を逃がすなど哀れだな。聞かれなければ教えてやる義理もない)

そんなことを思った刹那、一人の女性が彼に法改定について説明した。簡潔でわかりやすく完璧な説明にセヴェステルは感心する。

その女性も外国人に見えるが、かなり頭がよさそうだ。高そうなドレスからするに、それなりの貴族の令嬢だろう。

彼女が説明をしたことでその場にいた外国人受験生たちは感謝したが、国内の受験生は彼女を疎ましく思ったようだ。露骨に睨みつける者もいる。

偽善者という野次まで飛ばされた彼女は、貴族党のマクリア議員の話をした。

「とても明るくて前向きな人なんですって。私はそういう人が好きだし、他人を失敗させることで自分の立場を上にするよりは、自分を磨くことで高みを目指す人になりたいわね」

それを聞いた時、セヴェステルは思った。

(なんてことだ。それは俺のことじゃないか！)

明るくて前向き——まさにセヴェステルである。

公爵家に生まれたセヴェステルは立場的にも金銭的にも余裕があるからこそ、悲観的思考ではなく楽観的思考に染まっていった。大抵のことは血筋か財力でなんとかなってしまうので、人生で困難な壁に当たったことがない。

今は亡き両親も「暗く考えてつまらない人生を送るよりは、明るく考えて毎日を楽しんだほうがいい」とセヴェステルに言い聞かせていた。

結果、常に前向き思考になり、王位継承権を持つ第一王子からも「お前の明るすぎる思考回路には驚かされるよ」と言われるほどだ。ちなみに、それは嫌味ではなく褒め言葉として受け取っている。

とにかく、受験会場でも敵に優しくでき、なおかつ頭もよさそうな彼女の好みがまさに自分であると思った時、セヴェステルは密かに舞い上がった。

（そうか……彼女は俺のような男が好きなのか。俺はこの大学に受かるし、きっと彼女も受かるだろう。試験を受けた教室が同じということは学部も一緒のはず。話す機会もあるだろう。俺が彼女の好みだと判明したら惚れられてしまうではないか。なにせ、俺はとてももてるのだから）

セヴェステルはじっと彼女を見る。

公爵であるセヴェステルは女性から高い人気があった。だから、なにもしなくても女性に好かれるのは彼にとって当然のことである。

（彼女は他国の貴族だろうな。我が国は今や学力主義。他国出身であっても、貴族という身分があり国立大学の学位を取得していれば、公爵家の妻に迎えても問題ないだろう）

彼女が自分を好きになることを疑わず、まだ会話すら交わしたことがないのに自分の妻になる可能性まで考える。常人の思考回路ではないが、それがセヴェステル・トゼという男であった。

（しかし、いいところの令嬢にしては少し垢抜けない雰囲気があるな。田舎の貴族だろうか？　顔立ちはなかなかかわいらしい。それに恋する女性は美しくなるという。……彼女は明るく前向きなこの俺に惚れるだろうから、当然綺麗になるだろう。……はっ！　それはつまり俺が彼女を綺麗にするということか）

まだ外見に伸びしろのある彼女をずっと眺めていれば、ふと視線が交わり顔を逸らされる。

（目が合ったぞ！　俺の性格を知らないというのに、もう俺のことが気になっているのか？　もしや本能で感じ取ったのか？　そんなの、運命じゃないか）

そんなことを考えているうちに試験監督が入ってくる。難しいと言われる入試はセヴェステルにとっては簡単なもので、解き終わった後はずっと彼女について考えていた。

――国王の甥であるセヴェステルは国内でも有名だ。

この国の貴族なら誰もがセヴェステルを知っている。社交界では必ずと言っていいほど挨拶の列ができた。

セヴェステルは数年前に両親を亡くしており、うるさい舅と姑がいない。優良物件であるため、セヴェステルの妻の座を狙う令嬢はたくさんいた。

令嬢たちはセヴェステルに気に入られようと、とにかく褒め称えた。麗しい容姿や高貴な血筋だけではなく、その前向きな性格も。

しかし、紡(つむ)がれる言葉にセヴェステルの心が動かされることはなかった。幼い頃から国王の甥として数多の大人にかしずかれ、賛辞を述べられ慣れている。彼女たちが褒め称える内容はセヴェステルにとって当然のことだった。

それに、令嬢たちはセヴェステルが公爵だからこそ媚(こ)びてくるのだ。

そんな中、自分の素性を知らなそうな女性が「明るくて前向きな人」が好きだと言った。

(そうか、お世辞ではなく彼女は本当に明るくて前向きな人が好きなんだな。……俺か。俺のことだな)

国内の社交界で彼女を見たことがないし、顔立ちも異国風だ。特にセヴェステルを意識している様子もなかったし、自分のことを知らずにああいう物言いをしたのだろう。

つまり、明るくて前向きな人が好きというのは紛れもない本心だ。媚びではない。

(同じ教室に俺の内面が好みだという女性がいたなんて)

名前も知らない上にどこの国の人かもわからない。それでもセヴェステルは彼女が気になって仕方なかった。

声をかけようと思ったけれど、試験が終わると同時に彼女は颯爽(さっそう)と教室を出ていってしまう。さらにセヴェステルは同じ教室にいた貴族に声をかけられてしまい、彼女を追いかけられなかった。

（まあ、急がなくても入学したら会えるだろう。彼女ならきっと合格するだろうし）

彼女が不合格となる未来は想定しない。セヴェステルに運命を感じさせた彼女が落ちるなんてありえないからだ。

その後、彼女から遅れて教室を出たセヴェステルは迎えにきた馬車に乗りこむと、執事からとんでもない報告を受けた。

——港街のホテルから火の手が上がっている、と。

街中に燃え広がるかもしれないので、すぐにこの場所から離れるべきだと執事に提案される。

だが、セヴェステルは火事のホテルに向かえと命令した。公爵の命令とはいえ、命に関わるのですぐには聞き入れてもらえない。危険になったらすぐに立ち去るという約束で、ようやくそのホテルへと馬車を向かわせることができた。

そこでセヴェステルが目にしたものは——。

（運命だ。彼女は絶対に運命の人だ。だって、あのダンスは……）

自身の凄惨（せいさん）な過去と現在を重ね合わせた結果、セヴェステルは彼女を運命と決めつけた。

消火活動が終わった後、彼女の使用人たちが慌てた様子でその場を離れ、近くにあったホテルへと駆けこんでいく。もしかしたら火事のホテルに宿泊していたのかもしれない。

（今から新しいホテルを手配するのは無理だろう。これもきっと彼女を公爵邸に招く運命ということだ。こんなに素敵な俺と一緒にいたら、彼女はすぐにでも——それこそ光の速さで俺に惚れてしまうだろう。まあ、それで困ることはなにもないか。よし、彼女を招こう）

そう思ったセヴェステルは執事に客人を迎える準備をするように命じて送り出すと、彼女の使用人に声をかける。

もちろん、彼の思惑通り運命の人は公爵邸に滞在することになった。

◆　◆　◆　◆

ユーネがトゼ公爵邸に招かれてから三日目。

トゼ公爵であるセヴェステルは国王の甥で下位の王位継承権を持っている貴人だと知り、とんでもない人と交流を持ってしまったとユーネはおののいていた。

火事になったホテルもすごく豪華（ごうか）な部屋だったけれど、公爵邸の客室はさらにその上をいった。庶民のユーネには価値などわからないが、ベッドやテーブルセットはもちろん、足で踏む絨毯（じゅうたん）だって高価な品であるのが伝わってくる。

ユーネは公爵家の過剰な歓迎ぶりに居心地の悪さを覚えていた。

同じく賓客として扱われている使用人たちも落ち着かないらしく、近場のホテルに空き部屋がないか探してくれたが、やはり合格発表までは港街のホテルはどこも満室のようだ。

セヴェステルから直接聞いたわけではないが、彼が火事で両親を亡くしたことをユーネは知っている。火事を心から憎んでいるだろうし、ホテルの出火を最小限に留めるきっかけとなったユーネに感謝する彼の気持ちもわからなくはない。

そんな彼の気持ちを思うと「待遇がよすぎて、かえって恐縮してしまう」なんて言いにくいのだが、可能であればここからおいとましたいのが本音だ。蒸気機関車に乗って別の街に行くことをまだ諦めてはいない。

学力主義のイェラ国の貴族は大学に行かないという選択肢はなく、すでに爵位を継いでいるセヴェステルも公爵としての仕事があるけれど、まずは勉学が最優先なのだと聞く。そのため大学在学中は彼の叔父が仕事を手伝ってくれるようだが、入学するまではなるべく自分で仕事をこなしているセヴェステルはとても忙しいらしい。

そんな彼と一日三度の食事と午後のティータイムでなぜか必ず顔を合わせる。多忙な彼に時間を使わせるのは畏れ多いが、公爵から誘われたらユーネは断れない。今日も彼とティータイムを過ごしている。紅茶はいい茶葉を使っているのだろうがユーネには味の違いがわからなかった。渋くて深みのある紅茶より、実家でいつも飲んでいた出涸らしが懐かしくなる。

ユーネは紅茶に口をつけながら、恐る恐る話を切り出してみた。

「私は蒸気機関車に憧れていました。遠目に見ましたがとても素晴らしいですね」

「ああ、我が国自慢の技術だな。輸出の話が進んでいるが、現時点で蒸気機関車に乗れるのはこの国だけだ」

「そうですよね。ですから乗ってみたいのです。もちろん、私だけでなく使用人たちも同じ気持ちです。セヴェステル様には十分お世話になりましたし、実は昨夜、皆で蒸気機関車に乗って観光がてら他の街に行ってみようかと盛り上がってしまって……！　もう荷物をまとめているのです」

「……なんだって？」

ぴくりと彼は片眉を上げる。

「乗ろうと思ったら、いてもたってもいられなくて。私は今すぐ蒸気機関車に乗りたくてたまらないのです。急な話ですが、これから出発してもかまわないでしょうか？」

胸の前で両手を組み上目遣いで彼をじっと見つめる。

この作戦が成功するか否かは賭けだが、セヴェステルが是と言えば使用人たちとすぐさま公爵邸を出られるよう準備済みである。悠長に了承を得てから準備していては、いざ出発となった際になんとか都合をつけたセヴェステルが一緒についてきてしまいそうな予感がしたからだ。

「そうか……わかった」

「……！　ありがとうございます！」

　ユーネの表情がぱっと輝く。しかし、続けられた言葉に耳を疑った。

「では、入学祝いに蒸気機関車の旅を贈らせてほしい」

「……え？　あの、セヴェステル様？　入学祝い？」

「アマリアは遠い国から来たのだから、この国のことは不慣れだろう。案内もなく知らない街へ行っても戸惑うことが多いのでは？　今すぐというわけにはいかないが、近日中に行けるよう手配するから俺にエスコートを任せてくれ」

　合格発表もまだなのになにを言っているのかと戸惑うユーネをよそに、彼は部屋の隅に控えていたメイドにてきぱきと指示を出す。エスコートするということは、彼もついてくるつもりのようだ。

「お待ちください。そこまでしていただくわけには。そもそも合格発表もまだですのに」

「君が合格していないわけがないだろう」

　セヴェステルはなぜか自信満々に言い切る。確かに試験の手応えはあったけれども気が早い。

「セヴェステル様はお忙しいのですから、どうかおかまいなく」

「なんて優しいんだ！　会ったばかりの俺をそこまで心配してくれるのか！　嬉しくて抱

きしめたくなるな。ああ、もちろんそんなことはしない。俺は紳士だからな」

セヴェステルはユーネの手をとり嬉しそうに笑う。

なんとかして彼を止めなければ。

ユーネが頭の中で断るための説得材料を探している間に、公爵家の有能な使用人たちにより手はずが整えられてしまった。合格発表より後の日程である。

行き先はセヴェステルおすすめの観光地がある駅。そこまで行く蒸気機関車は一等客室。それだけではなく、運転室を見学できる手配をしてくれたと聞いて、知的好奇心旺盛なユーネは断ることができず、計画が失敗したことを悟った伯爵家の使用人たちの表情はまるでお葬式のようだった。

◆　◆　◆　◆

ようやく合格発表の前日になり、伯爵家の使用人は解放されると嬉しそうだ。蒸気機関車の旅があるので、もう少し公爵家と付き合わなくてはならないが、それも数日程度のことと割り切ったようだ。

合格者は大学の掲示板に貼り出される。よって発表当日、セヴェステルとユーネは大学へと向かった。もちろん公爵家の馬車での移動である。

大学では貴族も一般人も区別されることなく平等に扱われ、貴族は在学中に権力を使うことが許されない。しかし今は入学前だからか、セヴェステルが姿を現すと合格発表の掲示板の前にできていた人垣が左右に割れた。どうやら、結果が見えやすいように最前列を譲ってくれるらしい。

セヴェステルの素性を知らない外国人受験生も、この大学を受けるくらいなのだから頭がよく状況を把握できる。よって、外国人たちも周囲の空気を読んでセヴェステルに場所を譲った。

目立ちたくないユーネは後ろから静かに見るつもりだったが、セヴェステルに手を引かれて最前列へと連れていかれる。

外国人であるユーネはともかく彼は顔が知れている。それなのに、これほど目立つ場所で合格発表を待つなど自信があるのだろう。

ユーネがそわそわしながら発表を待っていると、大学の職員たちが大きな紙を持って掲示板の前にやってくる。これから合格者の番号が貼り出されるのだ。

(私の番号は、確か……って、あら?)

職員たちは大きな紙の他に一枚だけ小さな紙を持っていた。まずは最初にそれを掲示する。そこには、首席から第三位までの合格者の名前が書かれていた。

そこにあったものが本名ではなく身代わりになった伯爵令嬢の名前だったので、気付くのに一瞬遅れてしまう。すると、ユーネよりも先に彼が声を上げた。

「首席だなんてすごいじゃないか、アマリア！　おめでとう」

彼の張りのある声が響いてユーネに注目が集まる。首席の場所にはアマリア・レーヴンと記されていた。ちなみに第二位がセヴェステル・トゼである。

「トゼ公爵が首席じゃないのか？」

「セヴェステル様が二位だと？　でも、一位の令嬢と一緒にいるみたいだぞ。どういう関係だ？」

ざわざわと受験生が騒ぎ始めるが、合格者の番号が貼り出されると喧噪（けんそう）は悲喜こもごもの悲鳴に変わった。

「合格者は手続きの書類をもらって帰るんだ。受験票は持ってきているよね？」

合格を確認したセヴェステルは、ユーネの手を引きながら足早に掲示板の前から立ち去り校舎へと向かう。どうしても人目を引いてしまうが、てきぱきと次にすべきことを教えてくれるのでありがたい。

首席合格だったことに驚きすぎて言葉を失っていたユーネは、ようやく彼に話しかけることができた。

「遅くなりましたが、セヴェステル様も合格おめでとうございます」

「ありがとう。これで同級生だな。在学中は公爵としてではなく仲間として気さくに接してほしい」

「……善処します」

　ここは王族や貴族といった身分への忖度はなく、学生は皆平等に扱うという校風だ。だからといって公爵に対して気軽に振る舞うのも難しい。高貴な相手には敬意を払う者がほとんどだろう。

　ともあれ、周囲の受験生が勝手に気を使い道を空けてくれたおかげで、並ぶことなくすんなりと書類をもらえた。必要事項を記入して、三日以内に入学金・授業料と一緒に提出するらしい。もっとも、首席合格のアマリアもといユーネは払う必要がないのだが。

　馬車に戻り、伯爵家の使用人に合格を報告すると彼らは喜ぶ。卒業するのは四年後でまだ学位をもらっていないけれど、これで本物のアマリアは安心して嫁げるだろう。後はユーネが問題を起こさず、無事に卒業するだけだ。

　まずは平穏無事な生活を送るために公爵邸を出ていく必要がある。

　屋敷に戻ると、迎えてくれた使用人たちは皆お祝いの言葉を述べてくれた。どうやら、合格の知らせが一足先に届いていたらしい。

「ありがとうございます。そして、大変お世話になりました。無事に合格が決まりましたので、すぐにでもここを出ていこうと思います」

　港街には学生用の住居がたくさんある。庶民用から貴族用のアパルトマンまで様々で、いい物件は早めに埋まってしまうから迅速に動かなければならない。試験後ユーネから手応えがあったと伝えられた伯爵家の使用人たちはすでに合格後の住居を探してくれている。あとは彼らが選んでくれた候補の中から決めるだけだ。

貴族の令嬢が留学先に身の回りの世話をしてくれるメイドと、護衛代わりのフットマンを連れていくのはよくあることで、彼らは卒業するまで一緒にいてくれると聞いている。異国の地に、同じ国民でしかも事情を知っている仲間がいるのはとても心強かった。

ユーネたちが住居を定めるために急がねばならないことは、セヴェステルもわかっているはずだ。さすがに引き留められることはないだろうと思っていたが――。

「君の住居だが、よかったらうちの敷地内にある別館を使ってくれ」

セヴェステルの思いも寄らぬ提案にユーネは耳を疑う。

「え？」

「別館は遠方からの招待客に滞在してもらう場所だが、俺の在学中は他の王族に社交関係の仕事を任せるので使用する予定がない。でも、建物は誰かが使っていないと駄目になるだろう？　とはいえ、公爵邸の別館を使わせるのはそれ相応の人物でなければならない。ぜひともアマリアたちに使ってほしい。お願いできないか？」

「……っ」

あの消火の恩返しだというなら、もう十分よくしてもらったからと断れた。蒸気機関車の手配もしてもらっている。これ以上はさすがに受け入れるわけにはいかない。

だがユーネたちへの親切だけでなく、彼にも益があるとお願いされてしまっては断りにくかった。

「もちろん、別館の維持と修繕に必要な使用人はこちらで出すし常駐させる。料理人もね。ああ、費用は気にしないでくれ。当然ながらこちらが全部持つ」

これ以上公爵邸に滞在するのはつらいと訴える使用人たちの視線にユーネは小さく頷く。彼らの気持ちは痛いほどよくわかる。合格発表までの短期間ならまだしも、異性の屋敷に四年に及ぶ長期滞在となると、アマリアの婚約に差し障りが出る可能性が生じるので避けなくてはなるまい。

断ろうと決めたものの、はっとしてユーネは口を噤(つぐ)む。自国よりも力のある国の公爵からの『伯爵令嬢アマリア』への申し出を、ユーネが勝手に断っていいのか不安になったのだ。彼にどう返答すべきか、まずは伯爵家に確認をとるべきではないだろうか。

迷って黙りこんだユーネに彼はたたみかけてくる。

「君は首席合格者だ。そんな優秀な人物の面倒を公爵家でみるのは別におかしいことではない。我が国において学力は一種の権威(ステータス)だからね。さらに、外国の貴族令嬢がホテルの消火活動に加わったおかげで被害が最小限ですんだことはもう噂(うわさ)になっている。そのご令嬢がアマリアだとわかれば公爵家がなにもしないのは恥だ。俺の名声のためにも君に別館を提供させてくれ」

「う……」

そこまで言われてしまうと、固辞すればかえって怪しまれそうな気がしてきた。

頑なに断ることで身元を調べられて、もし身代わりだとバレでもしたら大変なことになる。アマリアの婚約に影響が出るだけでなく、ユーネの国に籍がある者は二度とイェラ国立大学を受験させてもらえなくなるかもしれない。

断るにしても受け入れるにしても、ユーネ一人では判断できない。どうにかこの場で返事をすることを避けようと必死に言葉を紡ぐ。

「ろくにお礼もできませんし……」

「別館に滞在してもらえると俺としても助かるし、もちろんお礼なんていらない。もしどうしても礼をしたいというなら、セヴェステル様と甘い声で呼んでくれないか？」

「……え？」

「さあ！」

セヴェステルが両手を広げて要求してくる。困惑して助けを求めるようにユーネが周囲を見回せば、公爵家の使用人たちは主人の奇行に顔色ひとつ変えることなく静かに視線を逸らした。彼らとは対照的に伯爵家の使用人は引いている。

わくわくと期待するセヴェステルの圧に負けて、ユーネは名を口にした。

「セ、セヴェステル様」

「それではいつもと同じではないか」

「セヴェステル様……」

「もっと甘く！」

「セヴェステルさま」

「……それだ！　あっ、あぁ……！」

彼は胸を押さえ恍惚とした笑みを浮かべている。

セヴェステルの言動に惑わされているうちに、なしくずしに公爵邸別館への滞在が決まってしまったことに夜になって気付き、ユーネと伯爵家の使用人たちは頭を抱えた。

第二章

セヴェステルに言いくるめられて公爵家に滞在することになってしまったユーネたち一行は、びくびくしながらレーヴン伯爵家に電報を打った。

　電報には字数の制限があり細かい説明はできないが、手紙よりも速い。詳細は改めて手紙にしたためるとして、この事態を迅速に雇い主に報告するには電報しかなかった。

　目立つなと叱責を受けるかと思いきや、伯爵家から届いたのは快諾の返事だった。なにせ、滞在先は王族にゆかりのある公爵家。どうやら嫁入りに箔がつくと考えたらしい。

　返事が届くまでの間はユーネも使用人たちも生きた心地がしなかったので、ほっと胸を撫で下ろす。

　そして、気がつけば蒸気機関車に乗る日になっていた。伯爵家の同意を得られたことで少しは胸が軽くなり、旅が楽しみになる。

駅に着き黒光りする蒸気機関車を目にした途端、ユーネは子供のように歓声を上げてしまった。フットマンとメイドも同様である。興奮せずにはいられなかった。

セヴェステルを始めとする公爵家ご一行が一緒なので気を使うけれど、自分の国にいたら蒸気機関車を一生見られなかったかもしれない。しかも一等客室に乗車でき、運転室まで見学できるのだ。

「一等客室に荷物を置いたら、運転室も案内しよう」

「ありがとうございます！」

運転室は乗客が入れる場所ではない。公爵である彼の口添えがあったからこそ、見学が可能なのだろう。本に載っていた機構を実際に見られることが嬉しくて、ユーネは胸を躍らせる。

賓客として扱われる気疲れと知的好奇心を秤（はかり）にかければ後者に傾いた。なにせ、学校に行けないと思っていた頃も一人で勉強を続けていたほどユーネは知的好奇心が強い。ここは素直に甘えてしまう。

「一等客室よりもそちらのほうが嬉しいのか。まあ、喜んでもらえるならなによりだ」

セヴェステルは苦笑しつつも機関車を案内してくれた。

一般庶民が乗るのは三等車と呼ばれる車両で、椅子がずらりと並んでいる。間仕切りもない。だが、ユーネの国の乗合馬車とは比べものにならないほど上質な椅子で、これなら長時間乗っても疲れなそうだ。

二等車は主に貴族が乗る車両で、一等車に比べると座席の間隔が広く、椅子の前にテーブルも用意してある。お酒の注文も可能で、飲みながら旅を楽しめるらしい。

そして一等車は貴族の中でも一握りの人しか乗ることが許されないようで、座席はすべて個室となっていた。

ホテルの一室かと思うほど広く、絨毯も敷かれているし寝台もある。本で読んだことがあるけれど、動く車両の中に部屋があるという事実にユーネは感動した。

特別に連れていってもらった運転室には計器と管、レバー、ハンドル、コックなどがずらりと並び、圧倒される。一見すると雑多な配置に見えるが合理的な設計なのだろう。

「あれが圧力計かしら？　ああ、あちらが注水器ね。これが焚口戸（たきぐち）。すごいわ、本物はこうなっているのね……！」

絵とは全然違う。実物は細かい傷がつき汚れているが、管の一本にすらもユーネは芸術的に感じた。普通に生きていたら一生目にすることのないものだ。

「あっ、ああっ。ああぁ……！」

感動のあまり言葉を話せなくなってしまう。すると、隣にいたセヴェステルがぎょっとしたように目を瞠った。突然「ああっ」と呻きだしたユーネを見て動揺を露にする。

「まっ……、まま待ってくれ、アマリア。いきなりどうした？」

「だって、一生縁がないと思っていた本物が目の前にあるのですよ。あっ、計器の針が揺れて動いて……あっ、そんな角度で！　あぁっ！　あぁ――」

自分でもおかしいとわかっているが、感動のあまり堪えきれない声が唇からあふれ出てしまう。膝が震えると運転手が怪訝そうにユーネを見た。

「よし、一度客室に戻って落ち着こう」

セヴェステルはユーネを横抱きにしてくるりと踵を返す。しかしユーネは「あぁ……」といいながら首をひねり、未練がましく計器を見つめた。公爵に抱き上げられているとんでもない状況なのにユーネの意識はそこにない。頭の中は機関車の機構でいっぱいだ。

「あぁ……」

「二人だけの時なら大歓迎だが、どうか今だけはその悩ましすぎる声を抑えてくれ……！」

懇願するように彼が呟く。しかし、その言葉が耳に入ってくることはなく、ユーネは運転室の騒音に耳をそばだてていた。

ユーネが己の痴態に気付いたのは客室に戻ってからだ。正気を取り戻したユーネはセヴェステルにひたすら謝りたおす。

人語を失い獣のような声を上げ、みっともない姿を見せたというのに、彼はとても嬉し

そうだった。しかも、そんなに気に入ったのならいつでも見せてあげると帰りの機関車でも運転室に連れていってくれたのだ。

二度目の運転室では初見時よりは正気を保っていられた。

とはいえ、単語と単語の間に「ああっ」といちいち声を上げてしまう。まあ、それは仕方ないだろう。現時点ではこの国にしかない蒸気機関車の運転室なのだ。他国の一般庶民であるユーネがそれを見られるだなんて奇跡である。

ちなみに、移動先の街ではこれまた豪華なホテルを用意され、さらに観光名所のエスコートまでされた。あまりの待遇のよさに恐縮してしまうけれど、初めて目にするものや経験することからの刺激がいっぱいで繊細な気分にはなれず、ただただ圧倒されて気がつけば時間が経っていた。

◆　◆　◆　◆

蒸気機関車の旅から帰ってきたユーネ一行は、今後どのように過ごすかを打ち合わせすることにした。レーヴン伯爵家にまつわる繊細な話をするからと、別館にいる公爵家の使用人たちには部屋から下がってもらう。

これで心置きなく話せると、まずはメイドが切り出した。

「侯爵邸ではもちろん、大学でも身代わりのことは隠し通さなければなりませんよね。もしこのことがバレたら、アマリア様と伯爵家の体面に傷がつきます。それどころか、身代わり防止のために大学が今後留学生の受け入れをしない方針を打ち出したら、国際問題にまで発展するかもしれません」

「本当にその通りです」

ユーネは深く頷いた。どうせわからないだろうと引き受けたのに、首席で合格するだけでなく公爵邸の別館に滞在するなど、目立ちすぎである。

今にも消え入りそうな声で「申し訳ありません」と呟けば、メイドとフットマンは慌てなだめてきた。

「いいえいいえ、責めているわけではないのです」

「そうです。首席合学はもう取り消せない。大学で注目を集めてしまうのは覚悟しましょう。しかし、重要なのはその先です。酷かもしれませんが、大学では親しい友を作らずに一人で過ごしていただけませんか？」

すまなそうに伝えられるけれど、ユーネにとってその内容はたいしたことではない。

「ええ、もちろんです。私は大学生活を楽しみにきたのではありません。一人で過ごすことくらい平気ですし、私もそうしたいです」

ユーネは勉強するためにここにいるのだ。下手に人間関係を構築してしまうと、将来的にアマリアに迷惑をかけてしまうかもしれない。

　それに、なるべく一人で過ごしたい理由がある。

「なにより、私は貴族令嬢としては付け焼き刃です。セヴェステル様のような身分の高い貴族男性……しかも、王家の血統のかたと一緒にいるとなれば、なにかボロが出るかもしれません」

　ユーネが貴族令嬢としての作法を学んだのはここ数ヶ月だけ。ある程度のことは令嬢らしくこなせるけれど、それでも十八年間ずっと庶民として生きてきたのだ。ふとした瞬間に素の自分を出してしまうかもしれない。

「ここにお世話になる以上、セヴェステル様からの食事やティータイムのお誘いをすべて断るのは難しいでしょう。ですが、できるだけセヴェステル様とも関わることがないように過ごします」

　ユーネがはっきりと言い切ると、メイドとフットマンは頷く。

「それがいいでしょう。在学中の公務は免除されるとはいえ、公爵というお立場ならなにかとお忙しいはず。今かまってくるのも、首席の留学生が珍しいだけかもしれません」

「そうですよね、セヴェステル様は私が珍しいだけですよね？　なにかと関わってくるのも今だけですよね？」

　そう問いかければ、メイドとフットマンは顔を見合わせ、「多分……」と歯切れ悪く答えた。ユーネは心の中で「今だけ」と自分に言い聞かせる。

「とにかく、私はなるべく一人で過ごし、セヴェステル様ともあまり関わらないように頑張ります。大学では自分で頑張りますが、ここにいる時はお二人ともご協力をお願いします」

「ええ、もちろんです」

「はい、頑張りましょう」

身代わりのことがバレないようにするのはもちろん、アマリアの将来に大きな影響がないように、ユーネたちは今後の方針を打ち出す。

なにも難しいことではないと、この時のユーネは思っていた。だが――。


(あ、まただ……)

自分が持っている印刷物の数と講義を受けている学生の数が合わないことに気付いたユーネはうんざりした。

アマリア・レーヴンとしての大学生活は、スタートからして想定以上に厳しいものだった。

外国人の、それも令嬢の首席合格者は初めてだったらしく、ユーネはかなり注目を集めてしまった。そのうえ王族ゆかりのトゼ公爵邸の別館に滞在し、あの豪華な馬車でセヴェステルと大学に一緒に通っているとなれば、なおさらだ。

セヴェステルとは適度な、叶うならユーネの存在を忘れてもらえる疎遠な関係になりたいのに、彼がそうはさせてくれない。

公爵邸から大学までさほど距離はないとはいえ、通学の時間帯はどうしても道が混雑するし、別々の馬車で行くのは効率が悪いから一緒に行くべきだと主張する彼の申し出をユーネは上手く断ることができなかった。

しかもセヴェステルと同じ学部のため受ける講義も被るものが多く、彼は当然のようにユーネの横に座って講義を受ける。せめて昼食だけでも一人で……と画策しても、いつの間にかセヴェステルが隣にいた。避けようにも避けられない。その結果、ユーネは出る杭を打たんとする令嬢たちに些細な嫌がらせを受けることとなったのである。

セヴェステルは公爵という地位はもちろん、容姿がいいし大学に次席で合格する頭のよさを持つ。両親はすでに鬼籍に入っているので、うるさい舅と姑がいない彼と結婚したい貴族令嬢は数えきれないほどいた。セヴェステルと同級生になりたいがために、わざと一年入学を遅らせた令嬢もいる。

この国の令嬢にとってユーネの存在はとてつもなく邪魔だ。とはいえ、あまり過激な嫌がらせをするとセヴェステルに見咎められる可能性がある。ユーネに不快な思いをさせる程度の行為で彼女たちは鬱憤を晴らしているようだ。

首席合格した上に真面目なユーネは、教授陣になにかと用事を言いつけられる。今も講義で使用する印刷物を配るように頼まれたばかりだ。

配ろうとしてすぐ、数名の令嬢が集まってきて「もらっていくわ」とユーネの手から印刷物を持っていった。配り歩かなくても相手から来てもらえて楽だと思っていたが、残りの枚数が少なくなったところで、ちょうど一枚足りないことに気付く。誰かが多めに持っていったようだ。

（この小さすぎる嫌がらせ、本当にやめてほしいわ）

今回のようになにかが足りないとか、講義が突如休講になったという情報がユーネにだけ連絡されないとか、並んでいると順番を抜かされるとか、通りすがりに肩をぶつけられるとか、大学生活で誰しもが経験しそうな範囲での嫌がらせを繰り返し、ユーネが困る様子を見て彼女たちは楽しんでいる。

入学して最初の三ヶ月は「このくらいなら我慢できる」「いずれ飽きる」と思っていたが、一年経っても彼女たちは飽きることはなかった。我慢をするしかないが、それでも小さい嫌がらせと悪意ある視線は心をすさませた。

ユーネの手元にある印刷物は残り一部。この講義を受ける者全員に配布するには、もう一部必要である。だが、印刷物を多めに持っている人がいないか確認したところで、正直に答えてくれるはずがない。

ならばと、ユーネは令嬢たちに聞こえるように少し大きめの声で言った。

「ごめんなさい、セヴェステル様。印刷物が一部足りなくて、あなたのものがないわ」

この講義はセヴェステルも受けている。……というか、ユーネが大学で受講している講義の約七割は一緒なのだが。

まさかセヴェステルに配らないとは思いもしなかった令嬢たちは目を瞠る。

ユーネのぶんが足りない状況にして困らせ、楽しむつもりだったのだろう。しかしセヴェステルのぶんが足りないとなれば、さすがに彼女たちも余分に持っていった印刷物を出すに違いない。

令嬢たちの嫌がらせの一因はセヴェステルにあるわけだし、このくらいは許されるはず。むしろ、最後に残った印刷物を彼に渡そうとしないユーネを不快に思って冷たくしてほしい。そして公爵家の別館から出ていけと言ってくれたら、嬉しくて飛び上がってしまうだろう。

セヴェステルに不利益を強いるわけにはいかないと、嫌がらせをしていた令嬢の一人が余分な印刷物を片手に進み出ようとした。だが――。

「そうなのか。つまり君は、今手に持っている紙を二人で頰を寄せながら一緒に見たいんだな？　なんてかわいいお誘いをしてくるんだ。さあ隣に座って」

今日こそは離れた席に座ろうと思っていたのに、強引に隣に座らされてしまう。

「待ってください。違います。というか、近すぎます！」

「自分で誘っておきながら照れているのかい？　いやはや、講義中ですら俺と密着したいと思っているだなんて嬉しいな」

とんでもない誤解である。だが、はにかんだ笑顔を浮かべている彼に、なにを言っても通じそうにない。

（そうだわ、セヴェステル様はこういうお人だった……）

セヴェステルは自分が意地悪をされるはずがないと思いこんでいる。だからユーネが彼に印刷物を渡さなかった理由を、持ち前の楽観的すぎる思考でそう結論づけたようだ。

「ふふふ。こういうのも、いいね」

セヴェステルはいたくご満悦のようだ。遠くで余分の印刷物を握りしめながら令嬢が睨んでくる。

（ああ……）

ユーネの心労は真冬の雪のように降り積もっていった。

その翌日、目を離した隙にユーネのレポートの綴じ紐が解かれて中身をばらまかれてしまった。一生懸命に書いた研究結果が教室中に散らばり、愕然とするユーネを面白がる笑い声がとても不快に感じる。

次の講義が行われる部屋までは遠く、担当教授はとても時間にうるさい人だ。急いで移動せねばならないのに、レポートを拾い集めるユーネを横目にみんな教室を出ていってしまう。

拾い集めていては講義に間に合わない。だが、全部揃っているか確かめる必要がある。

くだらないけれど地味にきつい嫌がらせだった。こんなことに時間をとられて講義に遅れるだなんて無性に腹が立つ。

「おや、どうしたんだい？」

一人きりでレポートを拾い集めていると教室にセヴェステルが入ってきた。彼は王室に関わりのある教授に呼び出しを受けて、この場にいなかった。だからこそ少し度を越した嫌がらせが行われたのだ。

「レポートが散らばってしまいました」

「そうか、拾うのを手伝うよ」

彼は一枚一枚丁寧（ていねい）に拾い上げてくれる。

その優しさに感謝すべきなのに、無性に腹が立つ。入学してからずっと我慢できていた嫌がらせだが、なぜか今日はとても堪えてしまったのだ。

もとはといえばセヴェステルがユーネを特別扱いするからこんなことになるのだ。嫌がらせをしてくるのは貴族の令嬢ばかりなのだから。

「手伝わなくていいです。一緒の部屋にいたくないので出ていってください！」

感情的な口調は耳障りで自分でも嫌になる。公爵であるセヴェステルに対して無礼だとわかっているのに、昂った感情を制御できない。

ユーネの拒絶に驚いたように目を見開いていたセヴェステルはふるふると肩を震わせながら口元を押さえた。

「なんてかわいいんだ……！」

「……は？」

耳に届いた台詞にユーネは呆気にとられる。思いも寄らない言葉を投げかけられて耳を疑った。セヴェステルは頬を赤らめつつ口角を上げる。

「俺を好きすぎて教室に二人きりになると緊張してしまうんだろう？　……俺がいい男すぎるばかりに、すまない。だが慣れてくれ。そうしないと結婚生活で困るだろう？」

「……結婚……？」

呆然とするユーネをよそに彼は散らばったレポートを拾っていく。

「ち、違います……誤解です。そもそも私がセヴェステル様と結婚生活を送ることはありません。ただ、私がこんな目に遭うのは公爵であるセヴェステル様と親しくしているからなので、これ以上私にかまわないでほしいのです」

しっかりと否定した上で、この惨状の理由を告げてみた。普通の人ならば「そうなのか」とわかってくれるだろう。

だが、普通とは違うのがセヴェステルという男だった。

「ん？　俺と二人きりで結婚生活を送るつもりはないということかい？　そんなに早く子供ができる未来を想像しているのか。まったく気が早いな。……了解した。君の気持ちは受け取ったよ。家族計画は君の希望に沿うように励もう。毎晩頑張るから」

「えっ」

話が跳躍しすぎている。そもそも彼とは交際していない。なぜ結婚や子作りの話が出てくるのだろうか？　もしや、これはイェラ流の冗談なのだろうか？

「それと、人生において幸福と不幸の量は帳尻がとれているという説もあるね。俺もそんな本を読んだことがあるよ。俺と一緒にいるのが幸せすぎるから、こういう不幸が起こると思うのだろう？　だが、その説はただの思想であり科学的に実証されたものではない。信憑性にかける。俺は信じない。だって、もし本当なら君に出会えた俺はとっくに死んでいるからね。君がここにいることは、俺にとってそれほどの幸運だ」

セヴェステルは特別なことを言っているつもりはないのだろう。彼にとって当たり前のことを口にしただけで、レポートを拾いながら語っている。すべて集めると、立ちつくすユーネの手からレポートをとって順番通りに並べ始めた。彼が書いたものではないのに手際がいい。

「俺は君の思考を否定しない。俺は信じないけれど君が信じるのは自由だ。だが、君に不幸が降りかかるというなら俺が幸福に変えてみせるよ。だから安心して俺の側にいてくれ」

彼は紙の束を綺麗に整え紐で固く結ぶと、元通りになったレポートを差し出してきた。なにを言っても通じない人だったが、彼の思考回路があまりにも突き抜けていて、ユーネは思わず笑ってしまう。

身代わりゆえにこの国で親しい者は作るまいと考え、小さな嫌がらせの繰り返しのせいで心の扉を閉ざしていたのに、彼はこじ開けて無理やり滑りこんでくる。

嫌になって、驚いて、呆れて、脱力して——様々な感情がぐるぐると回り、最終的に特別な思いが芽吹いたことにユーネは気付いていなかった。

◆　◆　◆　◆

些細な嫌がらせがなくなることはなく、気がつけばユーネは二年生になっていた。憧れの大学で最先端の学問を享受できるのは最大の喜びであり、毎日があっという間に過ぎていく。

嫉妬した令嬢たちからなにかされるたびに胸がざらつくけれど、勉強に影響が出るほどの嫌がらせはない。

一年生の時はセヴェステルと距離をとろうと頑張っていたが、もはや無理だと諦めた。なにを言おうと「そんなに俺を思ってくれているのか」と斜め上の回答が返ってきて、すべてはユーネが彼を好きなゆえの言動であると思われてしまう。

伯爵家のメイドとフットマンも、ユーネがセヴェステルと必要以上に親しくならないように尽力してくれた。

時には自らが悪者となり、セヴェステルがユーネに話しかけようとすれば「お嬢様はお疲れです。お引き取りください」と勇敢にも言ってくれる。

いくら雇用主ではないといえど、使用人が王族ゆかりの公爵相手にとる態度ではない。「使用人のしつけがなってない」と失望されることで、ユーネともどもセヴェステルに厭われたいという魂胆がそこにはあった。

だが、相手はあのセヴェステルだ。

「俺相手にそこまで強い態度をとるとは、彼らにとってよい主人なのだろう。さすがだ。君たち、今後も彼女によく仕えるように。特に俺以外の男は近寄らせないように」

そう言って伯爵家の使用人を褒め称える始末である。果てしなく自己肯定感が高いセヴェステルにしてみれば、自分が接触することを嫌がられているなんて考えもしないのだ。

使用人たちがユーネと接触させないように頑張ってもなんの効果もなく、努力は徒労に終わる。

ちなみに先日はユーネの部屋の空気を閉じこめたという香水瓶を自分に振りかけて悦に浸っていた。そのうえ「君だって俺の部屋の空気を欲しいはず」と、彼の部屋の空気を入れたという香水瓶を十本も贈ってきた。それは一度も使われることなく、鏡台の前にずらりと並んで妙な存在感を放っている。

セヴェステルの奇行には困惑してしまうけれど、大きな被害を受けているわけではない。鬱憤を抱えるよりも諦めたほうが心の平穏を保てるので、状況をあるがままに受け入れることにした。伯爵家のメイドとフットマンもユーネと同じらしく、諦観の表情をよく浮かべている。

そして、二年生の半分を過ごした頃に事件は起きた。

「君は二十歳になったんだろう？　ならば、そろそろ恋人にならないかい？」

登校中の馬車内でさらりと言われてユーネは絶句する。未婚の男女が二人きりにならないように、付き人として一緒に馬車に乗っていた伯爵家のメイドも動揺を見せた。

（まさか、セヴェステル様が本当に私を好きだったなんて……）

留学までしてくる珍しい令嬢として、面白がられているのだとばかり思っていた。もしくは社交辞令なのだと。どうやら彼はユーネが成人するまで、告白するのを控えていただけらしい。

イェラ国では十八歳で成人とみなされるが、ユーネの国での成人は二十歳だ。大人として扱われることに面映ゆい気持ちになる。最初の頃はセヴェステルがぐいぐいと距離を詰めてくることにうんざりしていたが、悪い人ではないことをもう知っている。だからといって、彼の気持ちを受け入れることはできない。

ここにいるのはユーネではなくアマリア・レーヴン。婚約者のいる女性なのだ。

「あの受験の日から俺は君に運命を感じていたよ。俺の愛情表現が伝わっていなかったかな？　……そういえば、君があまりにもかわいすぎるから、かわいいとしか言っていなかった気がする。今度からは愛していると積極的に口にしよう！」

確かにセヴェステルはユーネを「かわいい」とよく言うがお世辞ではなかったらしい。

初めて話した時から彼はユーネに親切すぎるし、圧が強いと感じていた。だが、それは火事を最小限に止めた感謝からくる好意で、運命という強い言葉を口にしていたのも感激のあまり言っているのだとばかり思っていたのである。

（セヴェステル様の私への親切心が消火を手伝った感謝でも、外国から来た首席合格者への優しさでもなく、恋愛感情からきているのなら、はっきりと距離をとらないと）

今までは疲れるから妙に距離を詰めてくる彼を容認していた。しかし、「恋愛感情を抱いている」となれば、それ相応の態度をとるべきである。

ユーネはアマリアの代わりに学位を取得するため、この機会を与えられたのだ。アマリアの身代わりで入学したことがバレるわけにもいかないが、婚約者のいる伯爵令嬢として体面を守らなくてはならない。できるだけ伯爵家のことを周囲に話さないように気をつけていたが、こうなっては仕方がない。「婚約者がいる」と伝えようとしたが、ユーネの発言を制するようにセヴェステルが言葉をかぶせてくる。

「愛の言葉を聞かせてほしい気持ちもあるが、恥ずかしがり屋の君に強制するつもりはないよ。君の気持ちはちゃんと伝わっているから安心してくれ」

任せてくれと言わんばかりに彼が誇らしげに胸を叩く。

「ほら、今だって俺を見つめるその瞳から俺への愛が伝わってくる。しかし、愛を伝えるならもっと情緒のある場所がいいだろう？　この俺にはレディの心理がわかるのさ。返事は舞台が整ってからでいい。恋人としての甘い時間は楽しみにとっておくから」

やたら自信満々の顔で、ユーネに好かれているという根拠のない自信を向けてくる圧になにかを言う気力を失ってしまう。何を言っても彼に正しく伝わる気がしない。ユーネもメイドも問題の先送りだとわかっていたが、セヴェステルの「強制しない」という言葉を言い訳にして、心の平穏を保つために沈黙を選んでしまった。

この出来事はフットマンにも共有されたが打開策は思い浮かばず、三人とも頭を悩ませるのであった。

◆　◆　◆　◆

自室で書類をめくりながら、セヴェステルは愛する女性への想いを馳(は)せていた。

その書類は蒸気機関車の博物館に関する報告書である。

蒸気機関車はこの国が世界に誇る技術だ。その博物館を作ろうと二年前に発案した。

——そう、すべては彼女が喜ぶと思って。

もちろん博物館の設立は知的財産の普及ができ、ゆくゆくは国益に繋がる。来館した子供が将来技術者になりたいという志を持つようになるかもしれない。機関車の技術は今後も発展させていきたいし、遅かれ早かれ博物館を作る必要はあった。

二年かけて準備した結果、ようやく完成しそうである。正式な開館前に彼女を招待してあげたいし、意見も聞きたい。

開館に向けての順調な報告内容を目にして、セヴェステルは彼女の喜ぶ顔を脳内に思い浮かべていた。

(ああ、またあのかわいい声しか出せなくなってしまったら、どうしよう。かわいいけれど、あの声は他の人間には聞かせたくない。男はもちろん女でもだ)

ああっ……と呻いていた姿を思い出すだけで、身体の芯が熱くなる。

他国の伯爵令嬢に入れこんでいるとひそやかに噂になっているらしく、今まで以上に釣書が届くようになった。王族である自分は国益に繋がる婚姻をすべきだろう。

だが、心に決めた女性がいるのだ。この恋は手放せない。

勤勉な彼女は首席で卒業するだろう。たとえ外国人でもとびぬけて優秀な女性を妻に迎えるのだから外野に文句は言わせない。

誰かを好きになったのは生まれて初めてで、毎日心が燃えているようだ。

両親を殺した火事を憎み、炎を恐れているセヴェステルは、恋に焦がれる現状を楽しんでいた。恋情に燃え尽きて灰になるのも悪くない。それほど彼女が好きなのだ。

あの日——たった一日で、セヴェステルの運命は変わってしまった。卒業後はすみやかに他国の伯爵令嬢を問題なく妻に迎えられるよう、すでに準備を進めている。

（俺がこんなに彼女を考えている間、彼女も俺を思っているんだろうな。今すぐ別館に行って彼女を抱きしめたいくらいだ。しかし、そんなことをしては純情な彼女は熱を出し、大学を休むことになってしまうかもしれない。我慢しなくては）

自分が思っているのと同じくらいの気持ちを彼女も抱いているとセヴェステルは信じこんでいる。

セヴェステルは自己肯定感が高すぎるあまり、自意識過剰で思いこみが激しい。

血統のよさと明晰な頭脳と麗しい見た目。セヴェステルを構成する要素が自己肯定へと繋がる。

そんな彼を窘める人物はなかなかいない。まず、両親がいないのだ。周囲の者は優秀なセヴェステルが言うことは事実だと疑わないし、それが彼を増長させていった。

――その結果、セヴェステルは愛する彼女と一緒の未来を得られると信じて疑わない。実は彼女がセヴェステルを迷惑に思っているとは夢にも思わず、たまに言われる拒絶の言葉はすべて自分の都合のいいように受け取っている。

なにもしなくても女性から好かれる彼は、彼女も当然セヴェステルのことを好きなのだと確信していた。自分が好きなのだから、相手も同じ気持ちを抱いていると思いこんでいる。

（卒業したら彼女のご両親に挨拶に行かないとな。公爵としての仕事があるからすぐには無理だが、一年以内には大丈夫だろう。彼女のご両親も、この俺を見たらなんて素敵な男性の心を射止めたのかと喜ぶに違いない）

当然、自分は大歓迎されると思っている。幸せな未来しか頭にはない。

（ああ――）

最愛の人を思い、セヴェステルは幸せに満たされる。

同じ頃、彼の最愛の女性が使用人と一緒に頭を悩ませているなんて、想像もしていなかった。

◆◆◆◆

大学生活三年が経っても相変わらずセヴェステルはユーネにあからさまな好意を示し、ユーネも彼を好きだと信じこんでいる。

最近、蒸気機関車の博物館ができ、開館前に特別に館内を案内してもらった。貴重な資料の数々に、ユーネはまたもや「ああっ……」しか言えなくなってしまう。知的好奇心を刺激された興奮のあまり、自分が叫びすぎた後にセヴェステルが少し前屈みになっているのには気付かなかった。

大学のある平日だけでなく、休日も彼と行動を共にすることが増えた。セヴェステルはいつだってユーネのことを考えてエスコートしてくれる。彼が連れていってくれるのは恋人たちが楽しむような雰囲気のある場所ではなく、公爵の口添えがあって特別に対応してもらえるような貴重な資料がある場所だったり、イェラ国内でも有名な博士の研究所だったり、色気とは皆無だ。思いつきで行けるような場所ではなく、ユーネのために前もって彼が手配してくれている。

今日も今日とて、二人は鉄道レールの製造工場に来ていた。

製造工程で火花が散るので、ひらひらした服など着ていけない。二人とも作業員が着るような服に着替えて長靴を履く。さらに口元を布で覆った。

工場など年若き男女が訪れるような場所ではない。しかも貴族らしからぬ格好をしており、今なら大学の同級生に会っても気付かれないだろう。

それでも、こんな経験はなかなかできないのでユーネは心を躍らせていた。

工場には危険な設備がたくさんあるので、部外者の立ち入りは許されない。イェラ国が誇る蒸気機関車に関係する工場となればなおさらだ。いくら大学で首席になったとしても見学は不可能。セヴェステルの協力があったからこそ見学ができる。

むわっとした暑さも、鉄の独特の匂いもまったく気にならなかった。知る喜びはなにに も勝る。

「ほら、足下に気をつけて」

足場の悪い場所になると、セヴェステルは手を差し出してエスコートしてくれた。触れた部分が妙に熱く感じるのは、工場内の気温が高いからだけではない。

「あれを見てごらん」

しっかりとエスコートしながら、彼は見慣れぬ器具の解説をしてくれた。

いくら学力重視のこの国とはいえ、工場の中の作業は令嬢が智見を深めるようなものではない。それでも彼はおかしいと笑うこともなく、真剣に付き合ってくれる。

ユーネの国は女性が学ぶことに否定的で、独立学校に通えるのは男性だけ。女性であるというだけで学ぶ機会を奪われていたけれど、セヴェステルはユーネの知りたい、学びたいという欲を満たしてくれた。

　入学直後はなんとか距離を置こうとしたけれど無理で、疎ましく思うこともあったけれど、今では彼と過ごす時間が大切なものに思える。自国での女性の扱いに知らず知らず鬱憤が溜まっており、だからこそ自分を認めてくれる彼に心地よさを覚えてしまうのだろう。

　いささか距離感が近すぎる気もするが、セヴェステルはエスコートで手を握る以上のことはしてこない。無闇に肩や腰を抱き寄せたりもせず、彼の態度は常に紳士的だった。

　突拍子もない発言をするけれど、結局のところは紳士なので安心して側にいられる。

　工場見学を終えた後、ユーネが馬車の中で興奮気味に話すと、彼は会話に付き合ってくれた。年頃の男女には相応しくない、それこそ色気のない会話でも、セヴェステルは嫌がるそぶりも見せない。

　ふと会話が途切れた瞬間、彼は赤い双眸を細める。その何気ない一瞬の表情にユーネの胸が穿(うが)たれた気がした。思わず耳が赤くなる。

　すると、セヴェステルがめざとく聞いてきた。

「ん？　どうしたんだい？　もしや、俺に見惚れていたのかな？」

　さらさらの髪を手で後ろに流しながら、彼はユーネを見つめる。あながち嘘(うそ)でもないので、ユーネはなにも言えなくなってしまった。

　しかし、沈黙は訪れない。彼は一人で話し続ける。

「いくらでも見るといい。この角度かな？　それとも、これがいいかな？」

おそらく彼が思う「格好いい表情」を浮かべながら問いかけてくる。顔は美しいのにその様子がどこかおかしくてユーネは笑みを零してしまうが、その胸の奥では鼓動が高鳴っていた。

とある休日、ユーネは本館に呼び出されていた。こうやって呼び出されるのはさして珍しいことではない。月に一度は必ず呼ばれている。それもセヴェステルの執務室に、だ。執務室には彼の執事以外、出入りを許されていない。だが、ユーネは特別に入室を認められている。
執事に案内されて執務室に入る。テーブルの上にはいつものように書類の束が積まれていた。これらはトゼ公爵に送られてくる事業計画書だ。
貧乏な貴族や平民、貧困層にも抜きん出て優秀な頭脳を持つ者がいる。トゼ公爵家は国益をもたらす事業を興したり素晴らしい研究をする優秀な者たちに支援をしていた。
優秀な者たちに公爵家の莫大な財産の一部を使うのは、王族に連なるものとしての重要な役目。持てる者として公爵家はすべての計画書を受け付ける義務があるので、事業計画書が毎月大量に届いていた。

月に一度こうして事業計画書に目を通し、事業への投資を願う者の能力と計画内容を審査し、将来的に国益をもたらす可能性のあるものを選別している。

これまではセヴェステルと彼の叔父で行っていたことだ。

彼の叔父はセヴェステルが学業を優先できるようにと、トゼ公爵家の仕事の大部分を引き受けてくれていたが、無理がたたり体調を崩してしまったらしい。叔父にこれ以上負担をかけられないと思ったセヴェステルは睡眠時間を削って仕事をこなした。

だが、無理をして倒れでもしては、ユーネとの時間を削ることになってしまう。そうならないために、首席合格したアマリア・レーヴンの力を借りたいと彼に依頼をされたのだ。ユーネと一緒にいる時間を減らせばいいだけだろうに、それを彼が聞き入れるとは思えなかったので口にはしなかった。疲労するだけだからだ。

王族しか目を通せないような書類の仕事は任せるわけにはいかないが、毎月大量に届く事業計画書の審査くらいなら「有識者の見解を聞く」という建前の上でユーネに頼むことができるのだと説明をされた。実際、深い知識が必要となる事業は、その道の専門家に計画書を見せて話を聞くこともあるらしい。

事業計画書を見た有識者として、閲覧者欄に『アマリア・レーヴン』と名前が記されると知り、そんな大役を引き受けていいのかと戸惑った。身代わりでしかない自分が大学の成績表以外に『アマリア・レーヴン』の名を記されることに恐れと罪悪感があったが、奇抜で斬新な案が事業計画書の中にあると思うと知的好奇心が疼いた。

投資する価値があり富を生む可能性を秘めた計画を見極めるには幅広い知識が必要だが、ユーネは庶民として長年暮らしていたおかげで市井の風潮に精通している。イェラ国とユーネの国とでは文化の違いはあっても、庶民の根本的な生活は大きく変わらない。その見解をもとに、庶民が関わるような計画ならば審査することができる。なにより、勤勉で意欲に溢れた者が少しでも報われるように助力できるかもしれないという思いもあった。もっとも、理由はそれだけではない。セヴェステルの顔色が悪いことを密かに心配していたため、ユーネはつい引き受けてしまったのだった。

国益をもたらす可能性を秘めた事業計画書は本館から持ち出すわけにはいかない。よって、執務室へとユーネが足を運んでいる。

「これが今月分の事業計画書だ。忌憚のない意見を聞かせてくれ」

「かしこまりました」

セヴェステルに促されたユーネは書類の束に手を伸ばして上から順に目を通し始めた。速読が得意なユーネは読み終わった書類を次々と振りわけていく。

ユーネの家は本を好きなだけ買えるほど裕福ではなかったので、本を読みたい時は図書館に行っていた。図書館での閲覧はさせてもらえるが庶民は本を借りて帰ることができな

い。賃仕事をしていたユーネには無限に時間があるわけではなく、日が落ちれば図書館は閉まる。たくさんの本を読むためには速読を身につける必要があったのだが、その特技がここで役立つとは思いもしなかった。

ユーネはいつも書類を三つに振りわける。

一番高く積み上がった山は、投資する価値のない計画書だ。投資金狙いの薄っぺらい内容だったり、失敗が目に見えている無謀な内容のものである。

二番目の山は、高位貴族の計画書や、貴族の既得権益に関わる計画書。

そして三番目の山にあるものが、計画内容を見直せば投資する価値があると思われるものである。

セヴェステルはさっそく三番目の山にある計画書に手を伸ばす。

ユーネができることなど三つの山に振りわけるくらいなのだが、セヴェステルに言わせると価値のない計画書と自分が見るべき計画書を振りわけてあるだけで仕事が格段に楽になるらしい。そして、すぐ側に相談できる相手がいたほうが捗(はかど)るのだという。どうやら彼は他者との会話の中で閃くことが多いらしい。きっと今までは彼の叔父と会話することで判断をしていたのだろう。

セヴェステルは時間の余裕がある時に投資する価値はないと判断した計画書に目を通すらしいが、いまのところユーネの判断が間違っていたことはないようだ。

　こうしてユーネが手伝うようになって数ヶ月。

　セヴェステルの叔父は最初の頃は「いくら首席だといっても、外国人に手伝わせるのはいかがなものか」と難色を示していた。セヴェステルが「彼女は信用に値する人物だ」と説得しても聞き入れず、ユーネの仕事ぶりを直接見に来たほどである。

　彼の叔父はユーネが速読で書類を迅速に振りわけることに驚いていた。振りわけに関してユーネにいくつか質問をした後「我が国が学問に力を入れているとはいえ、ここまで優秀なレディはそうそういない」と言ってくれ、仕事の手伝いをすることを認めてくれた。ユーネの仕事ぶりを気に入ってくれたらしく、叔父の体調がいい時には三人で食事をすることもある。

「この医療関係の計画書だが、似た内容のものを先月は投資価値なしにしていなかったかい？　どうしてこちらは計画を見直す価値があると？　見たところ材料は違うが同じ効能の薬の開発だ。俺の記憶では先月却下した計画のほうが投資額も少なかった気がする」

　ユーネが『見直せば投資価値あり』の山に振りわけた書類を読んだセヴェステルが疑問を投げかけてきた。

「先月の計画書にあった薬の原料となる植物はイェラ国でも大規模な栽培が可能ですが、気候の問題で栽培が難しい上に安価で輸入できます。栽培にかかる費用の投資を受けるふりをして材料を輸入し、差額を懐（ふところ）に入れるつもりではないかと」

「なるほど。しかし、君は材料となる植物の生態にまで精通しているのか」

　セヴェステルが目を瞠る。

医療に関することは、利益目的ではなく国民の生活のために投資するのが王族の義務だ。それ故に医療関係の事業計画書は通りやすく、それを見越した悪辣な提案が毎月上がってくる。医療関係の計画書が通りやすいとはいえ、当然、投資する前には事業計画書の内容をさらに細かく精査し調査するのだが、それには費用も時間もかかる。だが知識があれば、悪辣な提案の調査に時間を食われることもなく、無駄金を使わずにすむのだ。

「ありがとう。君のおかげでとても捗る。安価で輸入できるといっても、薬の材料を輸入にだけ頼るわけにはいかない。栽培も視野にいれる必要もあるだろう。この件は国で環境を整えるべきだな」

　ユーネを褒めてくれるセヴェステルも博識なだけでなく、王家の血統である公爵という立場ゆえの広い視野を持ち、国民のためであるとわかれば判断も早い。投資できる提案内容になるよう改善案を書類に付け加えていく。

　こういう彼を見ていると、自然と敬意の念が湧いてくる。なぜ普段は会話が成り立たないのか不思議でならないが、いつの間にか彼と共にいる時間を楽しいと思うようになっていた。

　——この想いが恋ではないかと疑い始めたのは、いつだっただろうか？

セヴェステルは「好きだ」「愛してる」と言葉を惜しむことなく、愛を訴えかけてくる。あんなにもまっすぐに愛を向けられて、はたして心が動かずにいられる女性はどのくらい存在するというのか。

婚約者がいる本物のアマリアだったら、いくら彼に優しくされても心揺れたりしなかっただろう。けれど、ユーネは恋人どころか初恋もまだだったのだ。

「君は俺が好きなんだろう」と何度も聞かされているうちに、それが真になってしまうなんて。まるで魔法をかけられたみたいだ。

否、いっそ呪(のろ)いに近い気がする。それとも洗脳と例えるほうが相応しいだろうか？

ユーネは毎日セヴェステルの強すぎる恋心を間近で浴びていた。この胸に渦巻く感情は彼と同じものだと気付かないふりをするのはもはや難しい。

（どうしよう。私はセヴェステル様を好きになってしまった）

素直に認めるしかなかった。

だが、絶対にセヴェステルとは結ばれない運命だとわかっている。

彼が好きなのはアマリア・レーヴン伯爵令嬢であり、庶民のユーネではない。

どん詰まりの恋。偽りから始まったこの恋に未来はない。それどころか、身代わりで大学の受験をして身分を偽ったままこの国に滞在し続けていることを彼に知られれば軽蔑されるだろう。庶民の自分が王族の血統であるセヴェステルの側にいたいなど、願うことすら許されない。

伯爵令嬢の身代わりは、不自由なく勉強できるなんて美味しいだけの話ではなかった。

今さらやめることもできない。偽りの姿を貫き通して、彼の前から去らなくてはならないのだ。

(いっそ、ずっと今の時間が続けばいいのに)

卒業したらユーネは元の自分に戻る。

身代わりを引き受け四年間も勉学に費やす時間を得た代償として、二度と彼に会うこともできず、報われぬ恋と共に一生を終えるのだ。

書類を捌き終えたところで、鬱屈した想いを吹き飛ばすような大きな破裂音が辺りに響き渡り、ユーネはびくりと肩を跳ね上げた。

「驚いたかな？　今日は軍艦がここの港に立ち寄るから、その合図だろう。着船の前に空砲を鳴らすのさ」

「あれは空砲の音だったのですか。初めて聞きました」

港街に巨大軍艦が立ち寄るとは耳にしていたが、空砲を鳴らすとは面白い。しかも、空撃ちでもあれほど迫力のある音がするとは驚いた。

(イェラ国は学問に力を入れて軍事予算を減らしたけれど、立派な軍艦を所持しているのよね。見に行ってみたいわ)

まだ昼下がりだ。頼まれた仕事の手伝いも終えたし、今から行けば夕方までに戻れるだろう。急にそわそわしだしたユーネにセヴェステルが申し訳なさそうに言った。

「俺の力をもってしても、外国人である君を軍艦に案内することは難しいんだ。すまない」

「そんなことは望んでいません。ただ、遠くから一目でもいいから見たいので、行ってこようと思います」

機関車の運転室や博物館と軍事施設は全然違うとユーネにもわかっている。外から見るだけで満足だ。

しかし、セヴェステルは難色を示す。

「見に行っては駄目だ。長い間船上で過ごしていた軍人たちが港街に降りてくる。君なんて、いいように言いくるめられて食べられてしまうぞ。しかも外国人は格好の餌食（えじき）だ」

港街にいる外国人女性は一夜限りの火遊び相手――だと思う男性がいることも知っている。セヴェステルはそう誤解されることを心配してくれているのだろう。たとえ誘われても付き合うつもりはないが、嫌がっても無理やり言うことを聞かせる迫力があるのかもしれない。

「そんなに危ないのですか？」

「君はかわいすぎるから当然だ！」

「……」

　ユーネがかわいく見えているのは彼くらいではないかと内心思う。だが、それを伝えようものなら、彼はどれだけユーネがかわいいのかを一時間かけて力説してくるだろう。面倒事を避けるために話を逸らした。

「それでは、あまり近づかないようにしますし、男性の使用人も連れていきます。遠くから見るだけなら安全では？」

「遠目でいいのなら、俺の部屋から見ればいいだろう。双眼鏡もあるぞ」

「えっ！」

　双眼鏡と聞きユーネは身を乗り出す。

　庶民でも手に入れることが可能なものだけれどユーネの実家にはない。イェラ国に来てからも店で売っているのを見かけたことはあるが、学業や生活に関係のないものを購入するのはさすがにはばかられて、欲しいと思いながら今まで手を出せずにいた。

　双眼鏡で軍艦を見られたら、どれほど素敵だろうか。

「別館からだと木が邪魔をして港は見えにくい。しかし、本館の俺の部屋からならよく見える。今から来るかい？」

「ありがとうございます！　ぜひ、お願いします！　嬉しいです！」

　断る理由などない。ユーネは即答する。

「そ、そうか。俺の部屋に来るのがそんなに嬉しいのか。……では行くか」

なぜかセヴェステルは動揺を見せる。彼は落ち着かない様子で立ち上がるとユーネに手を差し伸べ、エスコートしてくれた。

普通なら、恋人でも婚約者でもない異性の部屋に行くのは非常識な行為である。

実は、ユーネがセヴェステルと完全に二人きりになったことは今まで一度もなかった。登下校の馬車は使用人が同乗したし、執務室で彼の仕事を手伝う時も執事が同席した。

おそらく、彼の部屋でも第三者がいるだろうし、紳士なセヴェステルは密室にならないようドアを少し開けてくれるだろう。そうすれば中の会話は廊下に筒抜けで、不埒なことをしていない証明にもなる。

ユーネはすっかりセヴェステルを信頼していたし、事実、彼はとても紳士だった。

だが、軍艦と双眼鏡のことで頭がいっぱいで、重要なことを忘れていたのである。

――セヴェステルの思考回路が斜め上であることを。


「わああ！　よく見えます！　すごいです！」

窓を開けて港を見る。セヴェステルの部屋は最上階の一番端でとても景色がいい。公爵邸は小高い丘の上にあるので景色がよく港が見渡せた。

「こら、危ないから身を乗り出してはいけないよ」

興奮のあまり窓から身体が出てしまっていたユーネの腰を、セヴェステルはしっかりと押さえてくれた。彼の言う通り危ない。ユーネはそう反省するが、つい身を乗り出してしまう。

軍艦はもちろんのこと、時折軍人が見せるハンドサインも面白かった。

「手旗信号とハンドサインの二種類を使いわけるのですね」

軍事関連は機密事項なのでユーネにはたいした知識がない。だから、軍人たちの見せる些細な行動が興味深くてたまらなかった。

「彼らがしているサインは人前で披露しても問題ないものだが、君はサインを解読してしまいそうで怖いな」

セヴェステルは苦笑する。さすがにそれは無理だと言いながら、ユーネは心行くまで船を見た。近くで見るほうが迫力があるのだろうが、ここからでないと見えない部分もあり、結果的には大満足である。

(比べたことはないけれど、イェラ国の双眼鏡のほうがきっと性能がいいわ。国に帰る前に買ってもいいかしら……?)

学位を取得できれば帰国後に報酬がもらえる。その一部を前借りすることはできないだろうか。そんな相談をしたら、ユーネの功績を考慮したレーヴン伯爵家が報酬のひとつとして買ってくれる可能性もあるかもしれないが、自分のお金で双眼鏡を買いたいのだ。

そう考えつつ双眼鏡を下ろす。

「ありがとうございました、セヴェステル様。とても楽しめました」

ユーネは彼に向き直ろうとするが、背後から腰に手を回されぎゅっと抱きしめられているので動けない。

「セヴェステル様。もう大丈夫ですから……って、え？」

その時、ユーネは彼の唇から、はぁはぁと苦しそうな荒い吐息が零れていることに気付いた。今の体勢では彼の顔が見えないが、自分を抱きしめる指先が少し震えている気がする。

（もしかして、熱でもあるのかしら？）

徐々に体調を崩す病もあれば、元気だったのに急に悪寒が走り高熱を出す病もある。おそらく後者だろう。

「セヴェステル様、あの……」

「すまない」

心配になって声をかけると、セヴェステルがつらそうに謝る。

「とりあえずベッドに行きましょう。一度手を放してもらってもいいですか？」

「……あ、ああ」

セヴェステルの手が腰から離れ、くるりと向き直れば彼の頬が赤らみ、目が潤んでいるのがわかった。かなり熱が高そうだ。

　さすが公爵の部屋は広い。窓際からベッドまではかなり距離がある。彼は歩くのもつらそうだし、執事に手伝ってもらうほうがいいだろう。主人の様子がおかしいのだから真っ先に駆け寄ってきてもいいはずだ。部屋をぐるりと見回すが、執事の姿はどこにも見当たらなかった。しかも、部屋のドアがしっかりと閉まっている。

「あれっ？」

　部屋に入ってきた時は執事も一緒にいたし、ドアも開いていた。一体どうなっているのか。ユーネがきょろきょろと室内を探すと、突然ふわっと足が宙に浮いた。

「セヴェステル様？」

　なぜかセヴェステルに抱き上げられ彼と視線が交わる。高熱を出すと意識が朦朧として奇行をとることもあるが、それだろうか？

「はぁ……っ、大丈夫だ」

　セヴェステルはユーネを抱きかかえたまま、足早にベッドに向かう。そして、ブランケットを乱暴に取り払うとユーネを寝かせた。

「あ、あの、セヴェステル様？」

　寝なければいけないのは彼のほうである。ユーネが身を起こそうとすれば、セヴェステルが覆い被さってきた。顔を挟むようにしてベッドに両手をつかれて、起き上がれなくなってしまう。

「俺の部屋に来ると言った時点で君の気持ちはわかっていたが、レディから誘わせるだなんて失礼した。ここから先は俺に任せてくれ」

「……は？」

ゆっくりと近づいてくる美しい顔に見惚れそうになったが、ユーネは慌てて彼の胸板を押し返した。

「た、体調は大丈夫ですか？」

ユーネはそっと手を伸ばして彼の額に手を当てる。少し熱い気もしたが、発熱している様子はない。

「もちろんだとも。君が満足するまで付き合おう」

「え？」

「ふふっ、積極的だね。はぁ……っ、いいよ。どこでも好きに触ってくれ」

ユーネに触れられたセヴェステルは嬉しそうに微笑む。呼吸は荒いままだ。瞳の奥はどこかぎらついている。病人のような弱々しい目つきではない。

せわしない息づかいも、赤い顔も、潤んだ瞳も、微かに震えていた指先も、すべてが病気のせいではなく興奮から生じた現象であることにユーネはやっと気がついた。

ひゅっと息を呑み、手を引っこめる。

「あ、あの……私、こんなつもりではなくて」

「こういう時に弱々しく否定しつつも相手を受け入れるのがレディの作法、か。心からの拒絶とは違うからすぐにわかると聞いていたが、まさにその通りだ。そのようなわかりづらい作法に気付けるかどうか不安だったが、こうして目にしてみると全然違うな」

セヴェステルは額から離れた手を摑むと唇を落とす。

(そんな作法があったの？)

ユーネは狼狽える。貴族のマナーについて伯爵家で教えてもらったが、閨の作法まではさすがに教わっていない。

「君は俺への思いが溢れて、こうして愛する者同士の繋がりが欲しくなってしまったんだろう？　婚前交渉への抵抗と、俺と深い関係になりたいという本心がせめぎあっていたんだね。大丈夫だ、君の葛藤はわかっている。一人で悩ませてしまい申し訳ない」

そう言いながら、セヴェステルはユーネの頭を撫でる。

「安心してくれ。男として君の思いには応えるよ。そこまで俺を欲しがってくれたこと、本当に嬉しい」

すっと双眸を細めた表情があまりにも幸せそうで、ユーネの胸の鼓動が跳ね上がった。

だが、すぐに正気を取り戻す。

軍艦を鑑賞するのに集中して興奮するあまり、いつの間にか執事が退室したことも、ドアが閉められたことにも気付かなかったようだ。その時点で気付いて部屋を出ていたら、こんなことにはなっていなかっただろう。

部屋に誘ったのはセヴェステルだが、頷いたのはユーネだ。

両思いだと思っている彼がユーネの明確な意思表示と考えてもおかしくはなかった。転落防止のためとはいえ、腰を抱かれたままユーネが嫌がりもしなかったから、余計に彼をその気にさせたに違いない。

（そんなつもりはなかったと言っても閨の作法と思われるわ。……だって、私はセヴェステル様を好きだもの）

心から拒絶していないと見抜かれたばかりだ。

とはいえ、このまま身体を許すわけにはいかない。ユーネの表情が強張ったのを見て、セヴェステルは優しく言葉を続けた。

「ああ、妊娠の心配をしているのかな。もちろん君との子供は欲しいが大学卒業までは君も学業に専念したいだろう？　心配しないでくれ。サックがある。ルーデサックと呼ぶ地方もあったかな？」

ユーネは小首を傾げた。なにかに被せる物質をサックと呼ぶことはあるが、それと避妊とが結びつかない。

彼は身体を起こすと、サイドテーブルの引き出しから小箱を取り出し蓋を開けてユーネに見せた。箱の中には小さな袋がたくさん入っている。

「なんですか、これは」

「サックだ」

セヴェステルは箱からひとつを取り出すと、封を開けて中身を出す。それはわずかに茶色がかった半透明の樹脂で、細長かった。

ユーネは思わず身を乗り出す。

「……！　こんなに薄い樹脂を見たのは初めてです」

ユーネの知る樹脂は硬く分厚いものだ。透けて見えるほどの薄さに感動してしまう。

「触って伸ばしてごらん」

「はい」

先程までの危機感はどこへやら、知的好奇心に背中を押されたユーネはサックを手にとった。左右に引っ張ると面白いほど伸びる。

「すごいです！」

「よく伸びるだろう？　滅多なことではちぎれないよ。水分も通さない。使いかたを間違えなければ確実に避妊ができる優れものだ」

「……！」

サックで遊んでいたユーネは目を瞠った。

「もしかして、これの使用方法は……」

「男性器につけるものだ。挿入時には君の身体に負担がかからないよう潤滑油を塗るから安心してくれ」

　確かに効率的な避妊方法だ。精液の侵入を物理的に防げれば妊娠はしない。妊娠を望まない女性のための薬は存在するが、飲むと副作用として子供ができにくくなってしまう場合があるらしい。

　なににでも興味を持ち調べてきたユーネだが、性的なことには興味が薄く、避妊方法について深く調べたことはなかった。男性器に装着する避妊具は動物の腸を使ったものが一般的だと思っていたけれど、まさかこれほど便利なものが開発されていたとはとイェラ国の技術に驚く。

（本当にすごいわ。伸縮性があるから、どんな大きさでも幅広く対応できるでしょうし。これなら女性に負担をかけることなく避妊できる。……って、感心している場合じゃないわ）

　はっとしてセヴェステルを見る。彼はサイドテーブルの上にサックの箱をいそいそと置いていた。そう、ベッドから手の届く位置だ。

「必要以上に伸ばしてしまったから、それは念のために使わないでおくよ。安心して、俺のかわいいひと」

セヴェステルはユーネの手からサックを取り上げるとベッドの下に投げ捨てた。そして、再び押し倒してくる。

「あっ……」

逃げ出す好機だったのに、サックに夢中になって我を忘れていた。危機的状況だったことを思い出す。

セヴェステルはユーネの髪を一房すくうと、ちゅっと口づけた。

「なにも心配はいらない。優しくするよ」

無理やりに行為をしようとはしない。女性であるユーネの身体を慮り心をほぐしたうえで、彼は想いを遂げようとしている。思考が斜め上でどこか強引ではあるけれど、紳士的で優しい。

トゼ公爵家当主セヴェステル。若くて有能で美しい彼の妻になりたい貴族女性はごまんといる。それなのに、なぜ彼は自分を好きだと言ってくれるのか。求めてくれるのか。

運命だと言う彼に色々押し切られてきたが、初対面でいきなり気に入られていたように思う。ホテルの火事の時にユーネが率先して消火活動をしたことが彼の心に刺さったらしいことは知っている。だが、今まではあえて踏みこんで話を聞くことはしなかった。

「……セヴェステル様はどうして私を好きになってくださったのですか？」

ユーネの問いかけに、セヴェステルは嬉しそうに語りだした。

「君との出会いは受験の時だ。同じ会場だっただろう？　そこで、困っている外国人受験生に優しく法律について教えた後、君は明るくて前向きな人が好きだと言った。それを聞いてびっくりしたよ。まさに俺のことだって」

「え」

思いも寄らない理由でユーネは衝撃を受けた。火事の時がきっかけだと思っていたが違ったらしい。

明るくて前向きな人が好きだと確かに言ったが、あの時は貴族党のマクリア議員のことについて語っていたのであって、セヴェステルのことではないのだが。

「まさか、それだけ……ですか？」

「いいや。お人好しすぎる君に興味を持ったけれど、運命を感じて好きになったのは消火活動をしている君を見た瞬間だ」

ふっと、彼が切なそうに目を細める。熱っぽい視線に悲しみが混じり、ユーネの心がざわついた。

「どこかで聞いたことがあるかもしれないが、数年前に俺の両親は火事で亡くなった。当時の公爵邸は伝統ある木造式だったから火の回りが早くてね。煙を吸って意識を失えば楽だったのに、そうなる前に俺の目の前で両親は火に包まれた」

「……っ」

「両親は火に包まれながらも、俺がいる方向に倒れないよう懸命に遠ざかろうとした。火の中でもがき苦しみながらね。その様子はまるで踊っているようで……俺はあのラストダンスを生涯忘れることはないだろう」

想像するだけで胸が痛くなる。

生きたまま焼かれる光景だけでも衝撃的なのに、よりにもよって両親だ。

数年前の彼は、どんな気持ちで両親の凄惨な最期を見ていたのだろう。

「飛んできた火の粉が俺の背中を燃やし始めた時に助けが来た。……俺だけが助かったんだ。火に焼かれた痛みと、焼け焦げた皮膚に服が貼り付く不快感を形容する言葉が浮かばない。ただただ苦しかった。そして、担がれながら屋敷の外に出た俺が見たのは、公爵邸が燃えるのを見物している貴族たちだったよ」

「……」

あのホテルの時と同じである。貴族たちは消火に参加せず見ているだけだった。彼らは自分たちが忠誠を誓った王族の血を引く公爵邸の消火でさえも手を貸さなかったようだ。

「あの場にいた貴族たちが少しでも消火を手伝ってくれていたなら、俺の両親は助かっていたかもしれない。屋敷を包む炎よりも熱く憎悪の念が燃え上がり、俺の心を焦がした。凄まじい火の勢いを前にしたら消火を手伝うなんて簡単にできることではないと頭ではわかっていても……俺の心の中に渦巻く怨嗟が消えない」

セヴェステルが奥歯を噛みしめる。不撓不屈(ふとうふくつ)の前向きさに困らされることもあるけれど、いつも笑っているセヴェステル。そんな彼が紡ぐ強い憎しみの言葉に、ユーネは切なくなって、思わずセヴェステルの頭に手を伸ばす。子供をあやすように頭を撫でれば、彼は少しだけ嬉しそうに口角を上げた。

「……入試の日、火事の話を聞いた俺はホテルへと向かった。執事には止められたが、なにかできることはないかと思ったからだ。旧公爵邸とは違い煉瓦(れんが)造りのホテルは燃えづらいし、避難は順調で被害者は少なそうだと報告を受けた。だが、俺の目には火を消すより燃え広がるほうが早そうに見えた。近くにいた貴族たちは、火の粉の届かない位置から見物するだけでなにもしようとはしなかった。せめて消火活動がしやすいように避難誘導に従ってその場を離れればいいものを」

　火事で両親を失っている彼にしてみれば、さぞかしつらくもどかしい光景だっただろう。

「自分だけでも消火活動を手伝おう……そう思っても、火への恐怖で身体が硬直してしまってね。両親のラストダンスが鮮明に蘇り、完治したはずの火傷が酷く痛んだよ。あの日に焦げついた心がぎゅっと締めつけられて、俺は動けなくなってしまった。……火が怖かったんだ。情けないな」

「そんなことはありません。大変な目に遭われたのですから、怖くて当然です」

「ありがとう。でも俺は、自分が嫌悪する貴族たちのようにただ見ていることしかできなかったんだ。そんな中、ひらひらとドレスの裾を翻しながらどこかの令嬢が消火の輪に加わったのを見たよ。……君だ」

ずっと覆い被さったままの体勢を保っていた彼の顔が近づいてくる。慈しむような口づけがユーネの額に落ちてきた。

「貴族のご令嬢が手伝い始めたのだから、他の貴族も見ているだけではいられないだろう？　君をきっかけにして、呑気に見物していた貴族たちが手伝い始めたんだ。……数年前、俺が願った光景が目の前に広がっていたよ。まさに奇跡だ」

ちゅっ、ちゅっと優しいキスが降ってくる。額に、瞼に、鼻に、頬に。

「俺は火が怖くて動けなかったけれど、君のふんわりと広がったドレープがひらりと揺れる様子はまるで踊っているように見えた。記憶の中にある最悪のラストダンスを上書きしてくれた最高のダンスだったよ。そして、あの日とは違う炎が俺の胸を焦がしたんだ。俺の心は君に燃やされて、今でも燃え続けている。君を思えば思うほど、ずっと」

「セヴェステル様……」

「俺は運命を確信したよ。これを運命以外のなんと呼べる？　それまで、俺は誰かを好きになったことはなかった。それすら、君を愛するためだったんだと感じたよ」

セヴェステルの指先がユーネの唇をそっとなぞる。

とびぬけて明るくて、ことあるごとに運命だと口にしていた彼。

あまりに軽く言われるものだから勘違いしていたが、セヴェステルの言葉はユーネが思うよりもずっと重い意味を持っていたのだ。

――まさに、セヴェステルにとってユーネは運命の人なのだろう。

ユーネの心は酷く揺れていた。

彼の部屋にまで来たユーネの思いに応えたいと言っているが、セヴェステル自身が強くユーネを求めている。

彼の目の奥に熱情と劣情が灯っている。

もう逃げられそうになかった。

ふにふにとユーネの唇を指先で弄びながら、彼が問いかけてくる。

「女心は複雑だ。わかっているよ。ゆっくり顔を近づけるから、まだ覚悟が決まらないなら顔を背けてくれ。もしキスをしたら……その先は、わかるね？」

「……っ」

セヴェステルはユーネの頬に手を添えると顔を近づけてきた。その動作は遅く、拒絶する猶予を与えてくれる。しかし迫りくる唇を前にしてユーネは動けずにいた。

とても困惑しているし、回避したい事態ではあるが、ユーネはセヴェステルが好きだからこそ彼が求めてくる行為そのものは嫌ではない。

だが、伯爵令嬢アマリア・レーヴンには婚約者がいるのだ。ユーネの心のままに彼を受け入れるわけにはいかない。

拒絶すべきだ。まだ逃げる道を彼は残してくれている。顔を背けるだけでいい。そうすべきだとわかっているのに、身体が動かない。そんな自分が情けなくなる。

ユーネが自分の中で押し問答している間に、とうとう唇が重なった。

「……っ」

自分の弱さが身にしみて泣きたくなった。

柔らかで温かい彼の唇の感触に、身体の力が抜ける。

受け入れてはいけないのに触れた唇からセヴェステルの愛情がしみこんでくる気がして、喜びが冷静さも理性も侵食してしまう。

「ん……っ」

上唇をちゅっと吸われると、なんだかくすぐったい。唇の裏のぬるりとした粘膜に触れられると、急にいやらしさが増してくる。

「君の唇はとても小さくてかわいらしい。しかも柔らかい。……ああ……」

感動したように呟いて、セヴェステルがユーネの唇を丹念に吸い上げる。どうしたらいいかわからず彼に身を任せていると、薄く開いた唇の隙間から彼の舌が滑りこんできた。

舌を搦(から)めとられて思わずびくりと肩を揺らす。

「はぁ……っ、ん」

互いの舌が擦れあい、熱い吐息に混じって淫猥な水音が流れる。どんどん深みを増していく口づけに身体の芯が熱くなっていった。

「ン――、ほら、君も俺の舌を吸ってごらん」

セヴェステルが優しく促してくる。

ユーネは言われるがままにセヴェステルの舌を吸ってみた。先程、唇を吸われたのと同じ強さで、優しく。

「……っ！」

セヴェステルは驚いたように目を瞠った。次の瞬間、口内をかき回すように彼の舌が激しく動いて蹂躙してくる。

「んっ、んん……っ」

背中に手を回され、ぎゅっと抱きしめられた。彼の体温が上がっている気がする。どんどん荒くなる吐息に、セヴェステルが強く興奮しているのだと悟る。

（これ、気持ちいい……）

ユーネは積極的に舌を動かす。彼の口内に舌先を伸ばして上顎をなぞったり、舌を擦りあわせた。夢中になって唇を貪りあっていると突如セヴェステルが身体を離す。つうっと、互いの唇を糸が紡いでいた。

「あまりにも君とのキスが最高だから、これだけで終わってしまいそうだ」

セヴェステルは苦笑しながら身を起こすと服を脱ぎ始めた。それこそ下着にいたるまで、あっという間に。

ユーネも服を脱ぐべきだろうと立ち上がったが、ここにいたって急に恥ずかしくなってくる。

「ドレスを脱ぐのは一人では難しいかな？　手伝おう」

セヴェステルはユーネを器用に脱がしていく。彼の裸を見るのも、自分の裸を見られるのも恥ずかしくて背中を向けると、セヴェステルはユーネのうなじにキスを落とした。

「……っ！」

生温かい舌でちろちろと首筋をなぞってくる。恥ずかしさよりも彼の舌に意識を持っていかれて、気がつけばすべてを脱がされていた。セヴェステルはドレスを背の高い椅子にかけて皺にならないようにしてくれる。

「俺の愛しい人、俺の運命の人」

セヴェステルは後ろから優しくユーネを抱きしめた。ユーネの背中に彼の胸板が当たる。筋肉のついた硬い胸だ。これが男性の身体なのだとどきりとする。

「愛している」

セヴェステルは立ったままユーネの首筋に顔を埋めた。さらりと流れてきた彼の前髪に肌をくすぐられて、小さく身をよじらせる。彼はユーネが羞恥（しゅうち）で戸惑っていることがわかっているのか、無理に身体を見ようとはしない。後ろから抱きしめたまま優しくユーネの身体をなぞる。

腰やお腹を撫でていた手が上がってきて胸の膨らみに触れた。彼の指が肌に沈む。セヴェステルの大きな手に包みこまれたそれがゆっくりと揉みしだかれる。

「あっ……」

胸の先端がじんと痺れて硬くなった。その部分が掌で擦れると腰が疼く。

「ああ、君のここはとてもかわいいことになっているんだろうな。早く見たいよ」

乳嘴を摘まれ、強い快楽が身体を駆け抜けていった。

「んうっ」

「そんな声を出すんだね。ふふっ、胸の先もどんどん硬くなっていくよ。腰も揺れてる」

「だって……、そんなふうにされたら……っ、んうっ……」

立ったまま後ろから胸に触れられる。通常ならベッドの上でされるだろう行為にユーネはわけがわからなくなってしまった。くにくにと指先で乳嘴を引っ張られたり押しつぶされたりすると膝が笑って立つのもつらい。

勝手に腰が揺れて、彼の身体に押し当ててしまった。

「あっ……」

背中に柔らかな和毛と熱く硬いものが触れる。それがなんであるのかユーネはすぐにわかった。裸で抱き合っているし、位置的にはあれで間違いないだろう。

「本当に、君はかわいらしい」

セヴェステルはそう言うと、今度は自分から腰を押し当ててきた。熱く硬いものがユーネの肌をぐりぐりと擦りあげる。

「はぁっ、ユーネの肌はすべすべして気持ちいいな」

「うう……っ、あぁ」

胸をいじられながら男性器を擦りつけられると頭がくらくらしてきた。足の付け根がむずむずして、熱くなった部分から溢れた蜜が内股を伝っていく。

「セヴェステル様。私、もう立っていられなくて……」

「おっと、すまない。君は後ろ姿まで最高に愛らしいから、つい」

セヴェステルはユーネを抱き上げるとベッドに運ぶ。仰向けに寝かされたユーネは、セヴェステルに身体を上から下までじっくりと見られてしまう。本当は手で隠したかったけれど、快楽に酔った身体は思い通りには動いてくれない。

「なんて綺麗なんだ……！」

セヴェステルは感動に声を震わせて、つんと尖った胸の頂きを指先で摘まんだ。ゆっくりと顔を近づけて乳嘴を咥える。

「ひあっ！」

敏感になっていた部分をぬめった粘膜に刺激されて腰が跳ねた。

「色も形もかわいい。……君の身体の一部というだけで、たまらなく愛おしい」

セヴェステルは先端を吸い上げながら甘噛みしつつ、空いているほうの手を下腹部へと滑らせていく。それだけで、ぞくぞくとしたものが背筋を走り抜けた。

羞恥に目が潤むと、セヴェステルがユーネの顔を覗きこんできた。

「俺を好きだという気持ちが溢れたその顔……っ、ああ……っ、もう！」

「んっ！」

唇が重なる。今度は隔てるものがなく、裸の胸同士が擦れあった。

乱暴ではないけれど、食べられてしまうのではないかと錯覚するほど熱の籠もった口づけだ。抱きしめられてぴたりと身体が密着し、太腿(ふともも)に彼の硬いものが当たる。

「はぁ……っ、ん」

唇を食(は)まれ、吸われ、舌を搦めとられて、与えられる熱にくらくらしながらユーネはセヴェステルの背中に手を回した。先程は気付かなかったが、背筋も凄まじい。そして、筋肉とは違った凹凸を指先に感じる。おそらく火傷の痕(あと)だろう。

「ああ、ああ……っ！　好きだ、愛してる……っ！」

セヴェステルは感極まった声を上げる。

ユーネの小さな唇を吸いながら、セヴェステルは片手を再び下腹部に伸ばした。微かに盛り上がった恥丘をなぞった後、その奥へと指が進んでくる。

「あっ……！」

くちゅりと水音が耳に届いた。かなりの蜜が溢れていると、ユーネ自身にもわかる。

「こんなに濡れて……ああ。君の身体も俺を好きすぎて、嬉しい」

セヴェステルの細長い指先がユーネの秘裂をゆっくりとなぞる。蜜が彼の指にまとわりついて、表面をなぞられるたびに淫猥な水音が大きくなっていった。

「ゆっくりするから、力を抜いて」

「はぁっ、ん、あ……」

キスは気持ちいい。胸を触れられるのもよかった。けれど、蜜口に触れられると違った種類の快楽が襲いかかってくる。

「セヴェステル様……っ、あぁ」

勝手に腰が揺れてしまう。

「……っ、待って。そんなに動くと指が入ってしま――、……ああ、入ってしまった」

入り口をなぞっていただけの指先がユーネの中に潜りこんだ。

「本当に君は……っ！　いくら俺が好きでも、んっ、ここは俺にリードさせてくれ」

気持ちよくて、生理的な反応として腰が動いただけなのだ。それでも彼は、そのすべてがセヴェステルを好きだからゆえの行為だと錯覚する。

「君の中も、俺の指を好きだと吸いついてくる。溢れんばかりの愛は伝わっているから少し落ち着いてくれないか？　愛する君には紳士的に振る舞いたいのに、このままだと俺は獣になってしまう」

　ゆっくりと指を進めながら、セヴェステルは熱い吐息を吐いた。その掠れた息づかいが扇情的で胸が揺さぶられる。

「指一本だけなのに、こんなにきゅうきゅう締めつけてきて……！　待ってくれ、本当に待ってくれ。きちんとほぐさないといけないと、わかってくれ」

　セヴェステルはユーネの身体の反応に舞い上がっているようだ。なんだかすれ違っているような気もするけれど、彼の根底に深すぎる恋情があるのを感じるし、なによりユーネを大切にしようとしてくれる気持ちが伝わってきて嬉しい。

　セヴェステルの手つきはとても優しかった。ゆっくりとユーネの中をほぐした後、もう一本指が増やされる。

「んっ！」

　初めて微かな痛みを覚えた。ユーネが歯を食いしばると、彼は手の動きを止める。

「大丈夫か？　痛いかい？」

「……っ、平気です。気持ちいいばかりだったので、驚いただけです」

　つらい痛みではないし、それを上回る気持ちよさがある。大丈夫だと笑ってみせると、鼻先にちゅっと口づけられた。

「痛かったら殴ってくれ」

「できません」

「君が俺を好きなのはわかっているから、痛みに耐えられなくなったら安心して殴ってくれ。君にならば殴られても嬉しい」

セヴェステルはゆっくりと指先を動かしていく。指の腹が探るようにユーネの媚肉を撫でていった。じんとした痺れと共に奥から蜜が溢れてくる。

「はぁ……っ、ん」

痛みが薄れていくと同時に、彼の指の動きが大きくなっていく。誰も受け入れたことのないその場所が彼の手によってほぐされていくのがわかった。固く閉じていたのに、柔らかくほころび始めている。

「んうっ！」

ふと、彼の指先がある一点をかすめた瞬間、ユーネの腰が微かに浮いた。きゅっと、彼の指を強く締めつけてしまう。

(なに、今の……？)

触れられた時の感覚が違う場所が一箇所だけあった。戸惑っているとセヴェステルは再びそこに指を押し当ててくる。

「んあっ、あっ、ああ……」

「ここか……！　覚えたよ。ここが、君のいい場所だ」

セヴェステルは嬉々として、その場所を指の腹で擦ってきた。

「やっ、あぁ……ん、あ。待って……ん、ふうっ、あ……そこは……！」

「気持ちいいんだろう？　中が急にうねうねしてきたよ」

得体のしれないなにかが自分の身体の奥底からこみ上げてくる。未知の感覚に戸惑うけれど、同時にセヴェステルに唇を貪られるとなにも考えられなくなった。

とんとんと指先で叩かれ、擦られ、押し当てられ……快楽の波にさらわれたユーネは意識を手放しそうになる。

「あ――！」

びくびくと全身が震えて足がもがき、踵がシーツの上を滑る。足の指先がぎゅっと丸まり、目を開いているのに一瞬なにも見えなくなってしまった。触れられている部分だけでなく、全身が快楽に包まれる。

「達したみたいだね。なんてかわいい顔をしているんだ。俺が紳士だったことに感謝してほしい。ベッドの上でそんな顔をしていたら、酷いことをされても文句は言えないよ？」

セヴェステルはゆっくりと指を引き抜くと、濡れそぼった指先を舐める。ちろちろと覗く赤い舌を見ながらユーネは荒い呼吸を繰り返していた。

なんとなくの知識しかないけれど、そういう現象があるとは知っている。今まさに経験して、快楽の最中でも感動してしまう。

そして、触れられるだけでもかなり疲れるのだと気付いた。セヴェステルに任せっぱなしでほとんど動いていないのに、すでにかなりの疲労感を覚えている。

彼は興奮しているものの疲れてはいないようだ。サイドテーブルに手を伸ばしサックを取り出すセヴェステルを眺めると、彼の下腹部にあるものに目を奪われた。大きなものがそそり勃っている。腹につきそうな勢いで反っているそれには血管が浮き出ていて、ぴくぴくと震えていた。先端は透明な滴が滲んでいる。

(今のが、絶頂……?)

(男の人って、こんなふうになっていたのね)

恥じらいよりも好奇心が勝って、あますところなく見てしまう。ユーネの性知識は本に載っていた医学的なものだ。実物を初めて見る興味が羞恥を上回る。

人体図の本に載っていたものよりも、ずっと猛々しい。赤黒い色も、雄の匂いも、綺麗な顔をしたセヴェステルについているとは思えない代物だ。

じっくりと観察していると、セヴェステルが男性器にサックを被せていく。薄いゴムに包まれた男性器はとても淫猥に見えた。避妊具をつけたことで生殖のためではなく、愛欲のために交わるのだと実感する。

セヴェステルはサックの上に粘性のある液体を纏わせた。ユーネの身体は十分なほど濡れているが、サックという異物を入れるので慎重になっているのだろう。

「準備はできたよ。……君を抱いてもいいかい？」

律儀に訊ねてくるセヴェステルにユーネがこくりと頷くと、優しく覆い被さってきた。軽いキスの後、彼は膝立ちになって男性器に手を添えると先端をあてがってくる。

潤滑油のせいか、とてもぬるぬるしていた。ほぐされた蜜口が割り開いて彼の雄を受け入れていく。

「あ……っ！」

痛みはあるけれど、ユーネ自身の愛液と潤滑油のおかげで雄杭は順調に奥へと進んでいく。異物であるサックはあまり違和感がなかった。薄い膜越しでも、彼の熱と硬さが伝わってくる。

粘液の滑りを借りながら熱杭はユーネを貫いていく。覚悟していたよりも痛みは小さいがこれからもっと痛くなるはず……と身構えているうちに彼は最奥へとたどりついた。こつんと、深い部分が穿たれる。

「あっ……」

「……っ、愛してる……」

セヴェステルは動かずに、そのままの体勢で腰を止めてユーネを抱きしめてくる。馴染むまで待ってくれるつもりなのだろう。

「痛むかい？」

「予想より痛くなくて驚いています」

「俺は君の中がよすぎて、頭がおかしくなってしまいそうだ」

掠れた声で囁くと彼は口づけてくる。触れるだけの優しいキスに少し物足りなさを感じてしまう。

「んっ……」

ユーネはもっと激しいキスがしたくて、ねだるようにセヴェステルの唇を吸う。口内に舌を差し入れれば彼が応えるように舌を絡めてきた。

「はぁ……っ」

互いに荒い息を吐きながら唇を貪りあう。動かなくても繋がった部分が熱く疼いて気持ちいい。

「……ッ、君の中……っ！　サック越しでも、んっ、動いてるのがわかる……」

「そ、そうなのですか？」

ユーネは特に意識をしているわけではない。だが、下腹部がきゅんと疼くような感覚はあった。

「少しだけ……動いても？」

小さく頷くとセヴェステルはユーネの身体を挟むようにして両手をついて、ゆっくりと腰を引いていった。熱く質量のあるものが抜け落ちていく感覚に肌が粟立つ。

「ああっ……」

彼のもので媚肉が擦られる。わずかにあった痛みよりも、擦られることで得られる快楽のほうが大きかった。こんなに気持ちのいい行為が存在していたなんて。

「く……ッ、あ……」

至近距離で聞こえるセヴェステルの艶のある声もユーネをぞくぞくさせた。

こういう時、セヴェステルはやや高めの声色になるらしい。

彼が愛おしくて、たまらなくて、気がつけばユーネはぽつりと本音を零してしまっていた。

「……大好きです……」

「……！」

ぴたりと彼の動きが止まる。身体の中にある熱杭の質量が増した気がした。

「それは知ってる。だが、改めて言葉で伝えられると腰にくる。……ああ、もっと言ってくれないか？」

「はい。好きです。……愛しています、セヴェステル様」

セヴェステルに乞われて、堪えきれずにユーネは想いを口にしてしまった。婚約者のいる伯爵令嬢のアマリアが決して言うはずのない言葉とわかっていても、言わずにはいられなかった。今だけでも伝えたい。

「俺もだ。愛してる。俺には君だけだ。君以外、いらない」

抜け落ちるぎりぎりのところまで引き抜かれた怒張が再び最奥まで埋められる。愛の言葉と共に、セヴェステルの熱と形が身体の中に刻まれていく。

「ああっ、ク――」

ゆっくり行き来していた彼のものが徐々に速度を増していく。切なそうに眉根を寄せたセヴェステルの一瞬の表情が脳裏に焼きついた。

ずくんと最奥を強く突かれる。

「んあっ！」

「愛してる……！」

一番深い部分に先端を押し当てながら、セヴェステルは欲望を解き放った。

奥を刺激しながら熱杭がぶるりと震える感覚に、ユーネは軽く達してしまった。どくどくと音が聞こえてきそうな動きに酔いしれてしまう。

セヴェステルは大きく息を吐くと、サックの根元を押さえながら熱杭を引き抜いた。吐精すると男性器は小さくなるので、サックが抜け落ちないように押さえているのだろう。

――だが。

彼のものはまだ雄々しく天に向かって勃ち上がり、大きさも太さも挿入前と変化がないように見えた。吐精してから小さくなるまでは時間がかかるのだろうか？

心地いい疲労感に包まれ、仰向けのまま横目で彼を見る。セヴェステルは器用にサックを取り外すと、中の精が零れないように結んだ。サイドテーブルに手を伸ばして使用済みのサックを置くと、箱の中から新しいものを取り出す。

「えっ？」

先程よりも慣れた手つきでセヴェステルは雄杭にサックを装着した。潤滑油をサックの上から纏わせると、そのまま流れるような動作で再びユーネに覆い被さってくる。

「俺ばかりが気持ちよくなってしまってすまない。今度は一緒に気持ちよくなろう」

セヴェステルは気がつかなかったようだが、彼が果てる瞬間にユーネも軽く達した。それを差し置いても先程の交わりは満足のいくもので、とても気持ちよかった。

これ以上の快楽は身がもたない。

「……っ、んっ！」

しかし、セヴェステルは再び熱杭をユーネの中に挿れてくる。とろけるように柔らかくなったそこは、彼のものを呆気なく飲みこんでいった。

「あっ、あぁ……っ、ま、待って……あっ」

再び満たされていく感触に身体が震える。

「ああ、すごい。もうこんなに俺に馴染んでいる」

　根元まで埋めこんだ後、セヴェステルは腰をぐるりと回した。中を拡げられる感触に思わず声を上げる。

「ひあっ」

「今度は俺が君をよくするから。君のいい部分を探させておくれ」

　熱杭がユーネの媚肉を探るように擦っていく。抜き差しされて、嵩高な部分に肉壁をひっかかれると奥から蜜が溢れて彼のものに絡みついた。

「この動きか？」

　セヴェステルが腰を小刻みに揺らしてくる。先端と肉竿の境目にできた段差がもたらす刺激で、甘い痺れが波紋のように身体中に広がっていく。繋がっている部分がとても熱い。

「またそんな顔をして……！　ああっ、もう」

「んっ！」

　セヴェステルは口づけるとユーネの口内を舌でかき回した。どう動けば一番感じるのかをすぐに分析し巧みな腰使いでユーネを翻弄していく。

「あっ、んむっ、ん——」

　キスされたままではなにも言えない。媚肉はもちろん、キスされている口の中まで悦楽を覚えた。

（気持ちよすぎて、もう、わけがわからない……）

ユーネは彼の腰に足を巻きつけた。手も背中に回し彼にしがみつくと、今までで一番強く最奥を突かれる。

「んんっ！」

セヴェステルは時折最奥を穿ちながらも、ユーネが心地よいと感じる動きで快楽を与えてきた。覚えたばかりの感覚が再びこみ上げてくる。

彼にしがみつく力が強くなる。そのまま極めれば、身体の内側もぎゅっと彼を締めつけた。雄杭が大きく打ち震えて熱が解き放たれる。

今度こそ同時に達したのだ。絶頂の余韻で力が抜け、ユーネの四肢はシーツの上に投げ出される。セヴェステルは再び根元を押さえながら自身を引き抜いた。

セヴェステルはてきぱきとサックを処理し、再び新品を取り出すと、驚愕で目を丸くするユーネににこりと微笑んだ。

「大丈夫だよ、ユーネ。君が満足するまで付き合うから」

ユーネは声も出せずにふるふると首を横に振った。

「遠慮しなくてもいい。抜く時に、もっと欲しいといわんばかりに君の中がすがりついてきた。あんなにかわいいことをされたら男として頑張らないわけにはいかないだろう？……まったく、君は俺を好きすぎるぞ」

「ひっ……」

小さな呻き声はセヴェステルの耳に届かず、彼は再び覆い被さってきた。

「大丈夫だ。俺は海のように深い君の愛に応えられるぞ。男を見せよう」

またもや彼のもので埋められていく。

「愛している……！」

愛の言葉とキスが降ってきて、ユーネは快楽の淵に引きずられていく――。


「んっ、はぁ……っ、セヴェステル様っ」

もう、どれくらい抱き合っているのかわからない。何度でも繋がってくる彼に驚いたのは最初だけで、今では自ら腰を揺らしてセヴェステルを求めてしまっている。

「ああ……本当にッ、もう……！　いくら俺を好きだからといって、ここまで許してしまうなんて。君の中はすっかり俺の形になってしまったぞ？」

ぐりっと最奥を突かれれば快楽が弾ける。

「感じる場所も増えてしまったな。俺が与えるものを、ン、あますことなく享受したいとは欲張りすぎだぞ。そこまで愛されているなんて……ッ、ああっ。君の愛を知れてよかった。幸せだ。生まれてきて一番幸せだ。君を愛しているだけでも幸せなのに、ここまで愛されているなんて」

間断なく与えられる快楽のせいで、セヴェステルの言葉をユーネは上手く聞き取れない。ただ、彼が嬉しそうなのでよかったと思う。

「好き……っ、大好き……」

「知っているよ。俺も君を愛している」

青かった空の色がいつの間にか赤く染まっていたことにユーネは気付かなかった。

「ん……」

薄暗闇の中、ユーネはゆっくりと目を開ける。すると、すぐ隣から穏やかな寝息が聞こえてきた。横を向けば、セヴェステルの端正な寝顔が視界に入る。寝ている時でさえ彼の顔は美しかった。

「……っ！」

ユーネは飛び起きる。窓の外は真っ暗だ。この部屋に来たのはまだ明るい時間だったけれど、はたして今は何時なのだろう。枕元のランプを灯すと惨状が露になった。

「こ、これ……」

ベッドの上に大量の使用済みサックが散らばっている。

――一体、どれほど情を交わしたというのか。

快楽に溺れて朦朧としていたけれど、確かにたくさんした覚えはある。

無数のサックに囲まれて、ユーネは頭を押さえる。

彼への想いが溢れて、受け入れてしまった。伯爵令嬢のアマリアは絶対にしてはならないことだったのに。婚約者がいるのだと伝えて、部屋を辞するべきだった。伯爵家の使用人たちも、長時間本館にいるユーネのことを心配しているだろう。それどころか、怪しまれるかもしれない。

時計を見れば、二十時になったところだった。まだそれほど遅くない時間でほっと胸を撫で下ろす。彼の仕事を手伝うついでに夕食をご馳走になったと言えば、使用人たちに怪しまれないだろうか。

どうしたものかと頭を悩ませていると、セヴェステルが身を起こした。

「……痛っ」

驚いて身じろいだ瞬間、腰に痛みが走りユーネは小さく呻く。あれほど情を交わしたのだから当然かもしれない。

「ああっ、無理はしないでくれ。今日はこのまま泊まっていくといい。君の使用人たちにもすでに伝えているよ。投資計画書と一緒に出されたワインの試飲をしてもらったら、よほど疲れていたのか寝てしまったので今夜は本館で休ませると。前にもそんなことがあっただろう？」

セヴェステルの言う通り、彼の仕事を手伝っている時に寝てしまい、本館に泊まったという前例がある。本館の客室で目覚めたが、彼は意識のない女性に手を出すような男ではなく、もちろんなにも起きていない。今回も堂々としていれば、セヴェステルとの間になにかがあったとは気付かれないだろう。ユーネはほっと胸を撫で下ろす。

それに、まだ身体に火照りが残っている。今すぐに帰るよりも、一日時間を空けたほうがユーネ自身冷静になれる気がした。

「身体は大丈夫かな？　まだ寝ていてもいいし、お腹が空いたなら食事を用意しよう。それとも身体を綺麗にしたいかい？　部屋続きにシャワー室があるから、このまま移動できるよ」

この国にはシャワーという文明の利器がある。

ユーネの国にこんな便利なものはなく、庶民は大衆浴場を使っていたし、貴族はバスタブに湯を用意させ湯浴みをしていた。だから、少し待っただけでお湯が出る技術に感動したのを覚えている。

「ありがとうございます。それでは、お言葉に甘えて身体を綺麗にしたいです」

「いくらでも甘えてくれ。好きな女性に甘えられると男は嬉しいからね。甘えられついでに、シャワー室まで運んであげよう。動くのはつらいだろうし」

セヴェステルはどこまでもユーネを甘やかすつもりなのだろう。けれど、このままそれを甘受するわけにはいかない。ユーネは居住まいを正すと、セヴェステルを見据えた。

「セヴェステル様、大切なお話があります」

引き締まった声でそう告げれば、セヴェステルの表情から甘さが消え真剣な声が返ってきた。

「なんだい？」

「その……先程の行為は、とても気持ちよかったです。幸せでした……。でも、今後はあのようなことをしないでほしいのです……」

そう、これは最初で最後、今日限りの密事にしなければならない。

今ここにいるユーネはユーネではないのだ。伯爵令嬢アマリア・レーヴン、婚約者がいる女性である。アマリア・レーヴンの身代わりである限り、これは不義でしかない。

仮にユーネ自身としてここにいるのだとしても、身分差ゆえに成就するわけがない恋だ。そもそもユーネであったなら、この国に来ることもできなかったし、セヴェステルの目に留まることもなかっただろう。

かりそめの関係にしかなれないのだから、自分のためにもセヴェステルのためにも、これ以上関係を深めるわけにはいかなかった。

自分の想いを制御できずに彼に抱かれた後で、アマリア・レーヴンには婚約者がいるから関係を継続できないなど、今さら言えるわけもない。言ってしまえば、アマリアの不名誉になるだけだ。だからユーネはこの国に来た本来の目的を貫き通すことにした。

「私は勉強するためにこの国に来ているのです。だから卒業するまで勉強に集中させてください。お願いです」

ユーネは懇願する。真摯な思いが通じたのか、セヴェステルは「わかった」と言った。

「大好きな君に特別な触れかたができないのはつらいけれど、学生の本分は勉強だ。卒業までのぶんは前借りしたと思って我慢しよう」

前借りという言葉が大げさではないくらい何度も口づけを交わし、肌を重ねた。彼も十分すぎるほど満足したからだろうか、思ったよりもあっさりとユーネのお願いを聞いてくれたことに安堵する。

「ありがとうございます、セヴェステル様！」

「君が勉強を好きなのもわかっているからね。それに、情欲に溺れるのは夫婦になってからの楽しみにとっておくよ。新婚なら毎晩のように睦みあっても許されるだろうし」

「……っ」

――そんな日は絶対にやってこない。

ユーネは曖昧に微笑む。

「でも、今夜は一緒のベッドで眠ることを許してくれ。大丈夫、キスもそれ以上の行為もしないよ。約束したからね」

ユーネを見つめる眼差しがとても優しくて、胸の奥がつきんと痛んだ。

（まったく、君は俺を好きすぎるだろう）

意識を失うように眠ってしまった愛しい人の顔を見て、セヴェステルは苦笑した。

初めて女性を抱いたけれど、それはもう最高の時間だった。我を忘れるという経験は人生で初めてかもしれない。

軍艦を見るためとはいえ、男の部屋に入る選択をしたからには、当然その裏に彼女なりの考えがあるはずだ。頭のいい彼女のことだから、異性の部屋に入る意味は理解しているだろう。

ちょうど彼女の監視役ともいえる伯爵家の使用人がいない時だった。それを好機とみなし、勇気を振り絞ってセヴェステルの部屋に行く選択をしたのかもしれない。ならば彼女の気持ちに応えるのは男としての義務だ。

最愛のレディに恥をかかせてはいけない。

いつこんなことがあってもいいようにサックは準備していた。

王室御用達の初夜用潤滑油までサイドテーブルの引き出しに入れてある。身体に使うものだから、サックも潤滑油も月に一度は新品に取り替えていた。きちんと備えていてよかったと思う。

彼女が自分を好きすぎるのはわかっていたから、無理のない範囲で最大限に満足させようと行為を始めてみたものの、彼女は底知らずだった。何度極めようと彼女の中は足りないとばかりにすがりついてセヴェステルにおかわりをねだってくる。彼女の足は嬉しそうに腰に巻きついてきたし、慣れてくると自ら腰を揺らして快楽を享受していた。

あんなに全身で自分を好きだと表現されれば、男の沽券にかけて数回で終わるわけにはいかない。セヴェステルの腰だって痙攣する彼女に呼応するように自然と揺れてしまった。あそこまでがくがくと揺れるのは初めての経験だ。まさに空になるまで搾り取られた。

最初は彼女の感じる場所は少しだけだったけれど、最後のほうにはどこもかしこも好くなってしまったようだ。セヴェステルの与えるすべてを快楽として受け止めたいだなんて、どれほど愛されているのか。

(手放すつもりは毛頭ないが、俺にあんなことまで許してしまうなど、もう俺以外の男に嫁ぐのは無理だろう)

彼女はもうすっかりセヴェステルに染まってしまった。もし他の男に抱かれたとしても、絶対にセヴェステルを思い出すだろう。……もっとも、そんなことはさせないけれど。

（彼女は絶対に俺を好きだ。それでもなぜか、彼女が離れていってしまうような嫌な予感がする。なぜだ？　……でも、ここまでしてしまえば心配する必要はないか。彼女はもう俺から離れられないだろう）

情事の名残で赤らんでいるけれど、彼女の肌に痕はつけていない。本当は身体中あますことなく所有印を残したかったが自重した。いつかは全身に愛した痕を残したい。

（ああ、早く卒業して結婚したい！　夫婦になれば、学生のままではできないあんなことやこんなことができるのに！　……でも、今は学生だから経験できる思い出をたくさん作るのが重要だな。卒業したら二人で時を積み重ねたからこそできる、記憶に残るような最高のプロポーズをしよう。そのほうが彼女も喜ぶに違いない）

滾る思いを抑えながら、眠る彼女の頬にそっとキスを落とす。

――それはとても、幸せなひとときだった。

第三章

――あっという間に月日は過ぎ去り、気がつけば卒業が迫っていた。首席を維持し続けたユーネは卒業式に代表として挨拶をする栄誉にあずかることになった。

卒業生代表の挨拶の草案を書き終えるとペンを置き、ユーネはふうっと息を吐く。長らく過ごした公爵邸の別館とももうすぐお別れだ。

入学前は四年も家族と離れるのは長いと思っていたけれど、寂しいと思ったのは最初だけ。世界の最先端をいく国の講義はとても刺激的で学ぶのは楽しく、私生活はセヴェステルに振り回されているうちに過ぎていった。振り返れば短かったように思える。

セヴェステルと一度だけ肌を重ねてしまったけれど、ユーネの願いを彼が聞き入れてくれたおかげで、あの日以降穏やかに過ごし学業に集中することができた。

とはいえ身体的接触がないだけで、セヴェステルは常に斜め上の思考回路でユーネの言動ひとつひとつに愛情を見出しては喜びに満ちあふれていた。

そんな彼をこれから裏切るのかと思うと胸が痛む。

セヴェステルはユーネもといアマリア・レーヴンと卒業後に婚約し、ゆくゆくは結婚するつもりでいる。ありえない未来を語る彼に、何度も結婚できないと伝えたがセヴェステルに正しく伝わらなかった。ユーネが国を越えての結婚に不安を抱いているのだろうと思いこみ、安心させようと溢れんばかりの愛を囁くのだ。

伯爵家の使用人たちも『伯爵令嬢アマリア・レーヴン』に瑕疵がつかないように、そしてユーネの貞操を守るために、公爵相手になんとか距離を置くよう色々と努力してきたが、セヴェステルの押しの強さと強烈な思いこみをどうすることもできなかったのである。

セヴェステルは卒業後、在学中に専念できなかった公爵としての仕事がたくさん待っているという。最低な行動だとわかっているが、セヴェステルが忙殺されている間に国へ帰ることで物理的に距離をとるしかもう方法がなかった。

帰国後にアマリアが無事に嫁いだら、伯爵家からセヴェステルに結婚したことを伝える手紙を送ってもらうつもりだ。

セヴェステルもアマリアが既婚になってしまえば、さすがに諦めるだろう。諦めるしかないはずだ。……多分。

そんなことを考えながら卒業生代表の挨拶の草案を読み返していると、ノックの音が耳に届く。

「お嬢様、セヴェステル様がいらっしゃいました。応接室にお通ししています」

メイドの言葉にユーネは慌てて部屋を出る。セヴェステルが別館に来るのは珍しい。応接室につくと、いつもよりかしこまった服装のセヴェステルがいた。妙に真剣な面持ちをしている。

「セヴェステル様。どうなさいましたか？」

「実はイェラ国の使者として、今すぐ隣国に行かなければならなくなった。きっと、卒業式には間に合わないだろう」

「まあ……」

「卒業式で挨拶をする君が見られないのが残念すぎる」

セヴェステルは大きく溜め息をつく。

優秀なセヴェステルとユーネはすでに卒業論文の提出は終わっている。

卒業に必要なだけの単位も取得済みのため、学位を授与されることは決まっているし、卒業式に出席する必要はない。だからこそ、王族としての仕事が入ったのだろう。

「これを君に」

セヴェステルは長方形の箱をユーネに差し出した。濃い紅の包装紙で包まれ、金色のサテンのリボンが結ばれている。まさに彼の瞳と髪色の組み合わせだ。

箱の形からいって指輪ではないだろう。さすがに指輪の贈り物は特別な意味を持つから受け取るわけにはいかないが、この箱の形なら大丈夫そうだ。

「これは……？」

「開けてごらん」

セヴェステルにそう促され、ユーネは包みを開いた。

「わあ……！」

箱の中には紅色のボディに金のラインが入った万年筆が入っていた。箱だけでなく、中身まで彼の瞳と髪色の組み合わせである。

「大学の慣例で、首席卒業者には名前が刻印された金の万年筆が贈られる。だがその前に、俺から君にこれを贈りたかった。俺がいない間も、これを見れば俺を思い出すだろう？」

自分色の万年筆を見ながらセヴェステルは微笑む。

「……とっても嬉しいです。ありがとうございます」

今までは彼からの贈り物は丁重にお断りしていたが、卒業祝いとして贈ってくれたこの万年筆は素直に受け取ることにした。きっとこれが最後になるだろうから。

「ところで、君の帰国予定はいつだ？　ゆくゆくは俺に嫁ぐにしろ、卒業後は一度帰国する必要があるだろう。今後のことを相談したいし、ご両親に挨拶に伺いたいから、できれば俺が帰ってくるのを待ってから一緒に帰国してほしい」

彼はユーネと結婚する未来を疑っていない様子で、当然のように聞いてくる。

物理的な距離をとるだけでは諦めてくれないかもしれない。

（……結婚できないと、わかってもらわないと）

ユーネは決意した目で彼を見つめた。

「セヴェステル様。お話があります」

「ん？　なんだい？」

「私はセヴェステル様とは結婚できないのです。嘘でも冗談でも恥ずかしがっているわけでもありません」

「君のご両親に許可をいただかない限りは結婚できないということだね、わかっているとも。そこは心配しなくてもいい。俺が自ら君の国へ行き直々に説得するから」

セヴェステルは胸を張って答えた。やはり話がかみ合わない。

「違うのです。その……両親は大学を無事に卒業した私のために婚約者を決めているはずです。ですから、セヴェステル様との結婚を許すはずがありません」

今さら「アマリアには入学前から婚約者がいる」とは説明できない。苦し紛れの言い訳になってしまっているが、セヴェステルと結婚できないことだけは本当なのだ。

「イェラ国の公爵であるこの俺より素晴らしい男が世界に何人いると思う？　君のご両親も俺に会えば気が変わるだろう。不安だろうが、なるべく早く君の国に行けるように頑張るから信じてくれ」

「……っ。そもそも、私がセヴェステル様と結婚をしたくないのです」

「なるほど、それは新しい価値観だ。どこかに入籍にこだわらない国もあったな。俺は君の考えを尊重する。いいさ、君が俺の側にいてくれれば籍なんて入れなくても」

なんの手応えもなくて床に崩れ落ちそうになる。いつもこうだ。

「お願いです、セヴェステル様。わかってください。そういう意味ではなく、私はセヴェステル様と結ばれない運命なのです。結婚もできなければ、一緒に添い遂げることもできないのです」

「君は俺を好きなのに？　よくわからないが、俺たちの間に障害があるなら俺がなんとかしよう。だから、話してくれ」

どれほど必死に訴えてもユーネへの愛は揺らがず、障害を取り除く権力を持ったセヴェステルには些細なことのようで、まったく動じることがなかった。

（ああ、伝わらない……）

いつもなら諦めてしまうところだが、今を逃せば隣国へ向かわなくてはいけないセヴェステルともう会うことはできないのだと踏み留まった。

叶うことのない自分の恋心のためにも、愛を告げてくれるセヴェステルのためにも、伯爵令嬢アマリア・レーヴンが彼と結婚できないのだとわかってもらいたい。

先程からセヴェステルの執事が何度も時計を見ている。きっと出発の時間が迫っているのだろう。つまり、セヴェステルには時間がない。言い逃げのような形になるのは申し訳ないが、彼のためにもユーネは今ここではっきりと終止符を打つ覚悟を決めた。

「卒業式を終えたら、私はセヴェステル様を待つことなく国に帰ります」

「そうなのか。……残念だが仕方ない。なるべく早く君を迎えに行く」

「いいえ、結構です。私はセヴェステル様を好きですが、恋と結婚は別物です。私は親の決めたかたと結婚すると決めています。セヴェステル様との結婚は絶対にありえません」

「なっ」

初めてセヴェステルの表情が崩れた。

もしここで彼を嫌いだと言っていたら、嘘だと論破されて終わっていただろう。

しかし、彼を好きだと認めた上で結婚はありえないと言い切った。ユーネがここまで強く拒絶の意思を見せたのは初めてだ。異国に留学するほどの行動力があり、首席を保ち続ける克己心を持つユーネの「絶対にありえません」という言葉に、さしもの彼も恥じらっているわけではないとわかったようだ。ユーネが今後一切の関係を絶とうとしていることも。

「ありがとうございます、セヴェステル様。そして、さようなら。もう会うことはないでしょう。どうか私のことは忘れて幸せになってください」

「いや、待ってくれ」

セヴェステルが追いすがるようにユーネの手を掴む。すると、執事が焦った声で時間が迫っていることを告げた。

「セヴェステル様、お時間です。もう出発しなければ機関車の時間に間に合いません」

「しかし……！」

セヴェステルは苦渋の表情を浮かべ躊躇った後、ユーネから手を放す。

在学中は勉学を優先していたが、本来の彼は王族として責任感が強い男だ。恋のために職務を放棄したりはしないだろう。

「君の気持ちはわかった。俺は君の帰国を止めないし気持ちも尊重しよう。……だが、必ず君に会いに行く」

「そう簡単に会える距離ではありませんし、お会いしません。セヴェステル様がもし我が国にいらしても私の心は変わりません」

ただ一度、肌を重ねただけ。

彼との関係は恋人でも婚約者でもなく、騙す者と騙される者でしかないのだ――。

涙腺が壊れそうなのを堪える。ここで涙など流してしまったら覚悟が台無しだ。あえて突き放すように別れの言葉を口にする。

「さようなら、セヴェステル様。お元気で」

「……また会おう」

ユーネの別れの言葉には応えず、再会だけを言葉にしてセヴェステルは執事と共に応接室を出ていった。途中、彼は何度も振り返り、その顔が少し泣きそうだったことにユーネの胸が痛む。

最低な自分が嫌になる。

それでも、アマリア・レーヴンは彼と結ばれてはならないのだ。帰国して彼の邪魔が入る前に結婚してしまうよりは前もって終わりを告げたほうがいい。

「……っ」

視界がゆがんだ。涙の滴が頬を伝い落ちる。

(私だってセヴェステル様のことを……)

——好きだった。とても好きだった。

思考回路が斜め上で、その言動に困らされてしまう男性。「君は俺を好きだ」と言われ続け、押し負けるように本当に好きになってしまった。

セヴェステルはユーネを大切にしてくれた。いつか別れがくると知っていても、一緒にいる時間はとても幸せだったのだ。

ユーネだって本当は彼と結ばれたい。けれど、それは許されない。

真実を話したところで、身代わり入学をして身分詐称したことを軽蔑されるだけだろう。

もし偽りを許されたとしても、王族である彼と庶民であるユーネが結ばれるのは不可能である。身分が違いすぎるのだ。

「うっ……」

はらはらと涙が落ちていく。ユーネは彼の色をした万年筆をぎゅっと握りしめた。

（あんなに素敵な人だもの。セヴェステル様ならすぐに素晴らしいお相手が見つかるわ）

彼が自分ではない誰かと幸せになる姿を想像して酷く胸が痛む。

偽りの伯爵令嬢としてセヴェステルの側にいた自分には傷つく資格などないけれど、それでも涙は止まらなかった。

イェラ国立大学の卒業式から二週間後、故郷へと無事に戻ったユーネはレーヴン伯爵家に学位証明書を渡しに来ていた。

首席卒業者の証（あかし）である金色の万年筆もアマリアに渡す。万年筆にはアマリア・レーヴンと刻印されていた。

「まあ、首席なんてすごいわ！　わたくしの名前の学位証明書も……！　ああ、本当にありがとう。これで婚約者に恥をかかせないですむわ」

アマリアはとても嬉しそうだ。

この四年間、彼女は外国で暮らしていた。万が一調べられた際、留学している時期にアマリアが家にいてはおかしいと、辻褄を合わせるために国を出ていたらしい。

もっとも、彼女は遊んでいたわけではない。商売について学び見識を広げていたのだという。彼女の嫁ぎ先は商売をしており、少しでも役に立てるようにと頑張ったらしい。商売に関してはユーネも驚くほどの知識を得た彼女は嫁ぎ先で国立大学卒の才女として振舞えるだろう。

帰国してすぐユーネはアマリアに事細かに大学での生活を伝えることになった。勉強の内容はともかく、どんな大学でどんな日々を過ごしていたかくらいは嫁ぎ先で説明できないと怪しまれる可能性があるからだ。

もちろん四年間の出来事を一日ですべて話すのは不可能で、何日かかける必要があった。会話を交わすうちにユーネとアマリアはすっかり仲よくなっていた。

「まあ、そんなことがあったのね！　面白いわ。ところで、質問なのだけれど……」

好奇心旺盛なアマリアは短期間だけイェラ国にも滞在していたようで、見学のふりをして、少しだけ大学内に足を踏み入れたこともあるそうだ。

ユーネの話を興味深く聞き、疑問に思ったことは素直に聞く。本人は勉強は不得手だと言っているが、頭の回転が速い賢い人なのだろう。もしこの国に女性が通える学校があれば、きっと彼女は才覚を表したに違いない。

　そして、今日はとうとう卒業式の話になった。卒業生は揃いの帽子とガウンを着て式典に参加し、最後に帽子を空に向かって投げる。たった数秒の出来事だが、全員の帽子が一斉に宙に舞う様子は見事だったと言えば、もうユーネが伝えることはなくなった。

「ありがとう、ユーネさん。まるでわたくしも大学に行ったみたいな気分になったわ」

「お役に立てて光栄です」

　身代わりになったというのは極秘なので、ユーネが大学の思い出話を誰かに話したりすることはできない。だから、こうしてアマリアに大学での出来事を話せるのは、ユーネにとっても楽しい時間だった。

「ところで、ひとついいかしら？　トゼ公爵のことなのだけれど……」

「……っ。なんでしょうか」

　ユーネがトゼ公爵ことセヴェステルと仲よくしていたことは何度も話している。

　彼の異様ともいえる執着ぶりは、一緒にイェラ国で過ごしたメイドとフットマンからもアマリアに伝わっていたようだ。

「メイドたちからとても大変だったと聞いたの。立場のある殿方に迫られるなんて怖かったでしょう？　悪いことをしたわ」

　アマリアは申し訳なさそうに言う。その慈愛の眼差しから彼女が心からユーネを心配していることが伝わってくる。

確かに、なにを言ってもまともに聞き入れてもらえない恐ろしさがあったが。

——それでも、嫌ではなかった。

目に涙の膜が張り、アマリアの顔がぼやける。

「アマリア様……」

「まあ、泣くほど怖かったのね」

ユーネとは違う、指先まで綺麗な手が背中を優しく撫でてくれた。

帰国したユーネは家の手伝いを再開し、水仕事でさっそく手が荒れている。指のささくれを見ると自分は貴族ではないのだと、セヴェステルの側にいることなどできないのだと思い知らされるようで胸が痛んだ。

「いいえ、怖かったから泣いているのではありません。私、実は……いつの間にかセヴェステル様に惹かれていたのです」

アマリアとたくさん話して心の距離が近くなったと感じたせいか、ユーネは隠しておくべき想いをつい零してしまった。

「そうだったの……！　それは、つらかったわね」

背中を撫でるアマリアの手つきは優しい。

アマリアの身代わりであり、庶民という身分のユーネが先進国の公爵と結ばれるのは絶対に不可能だと、聡(さと)い彼女はわかっているのだ。「最初からわかっていたことでしょう」などとユーネを責めたりせず、ただ優しく話を聞いてくれる。

「セヴェステル様の想いに応えるわけにはいかないとわかっていたのに、私も好きになってしまって……、最後はいきなり突き放すような酷い別れかたを……」

「もとをたどれば、わたくしがそうさせたのよ。悪いのはわたくし。あなたが気に病む必要はないわ」

アマリアはユーネの気持ちに寄り添いながら慰めてくれた。

涙は止まることなく目が痛い。それでも一人で抱えていた思いを言葉にして吐露することで、ユーネはぐちゃぐちゃになった恋心にほんの少しだけ折り合いをつけることができるような気がした。

――そして帰国して半年経つ頃には、枕を涙で濡らすことはほとんどなくなっていた。

失恋の痛みは消えないし、セヴェステルを思い出すたびに切なくて胸が締めつけられるけれど、その気持ちを抱きながらも生きていける。

アマリアの身代わりとしてイェラ大学に行っていたことは極秘事項のはずだが、なぜかユーネは留学を目指す貴族から家庭教師を頼まれるようになった。

へとへとになるまでこき使われた市場での賃仕事より遥かに時給がいい。

レーヴン伯爵家からの謝礼金と、貴族の家庭教師の報酬のおかげで暮らし向きはかなりよくなった。心配していた末の弟も、ユーネが留学していた間にいい医者に診てもらえたようで今ではすっかり元気である。

（自分でお金を貯めて、ユーネとして隣国の大学になら行けるかも……！）

昔は図書館で勉強することしかできなかった。留学なんてできるはずもない暮らしぶりだったから、アマリアの身代わりとして勉強できるだけで十分だと思っていた。けれど今は欲が出て、本当の自分として大学に入りたくなってしまった。その夢は決して無理なものではなく手が届きそうである。最近は成績優秀者への特待生制度がある近隣国の大学を調べることが楽しみのひとつになっていた。

そんなある日のこと、ユーネの家の前にレーヴン伯爵家の馬車が停まる。

すっかりアマリアと仲よくなったユーネは、時折彼女の話し相手として伯爵家に呼ばれることがある。久々に会った婚約者と喧嘩（けんか）したから愚痴（ぐち）を聞いてほしいとユーネの家に押しかけてくることもあったので、急な来訪にも驚かなくなっていた。

馬車から降りてきたレーヴン伯爵家の執事を家に招き入れる。ハンカチーフで冷や汗を拭う執事の顔色はかなり悪い。なにか悪いことでも起きたのかとユーネは思わず身構える。

「大変なことになりました。イェラ国のトゼ公爵が我が国に来訪することになり、滞在中の案内人としてアマリア様を指名してきたのです」

ユーネは愕然とせずにはいられなかった。

「なっ……！　なぜセヴェステル様が……。お忙しくて、とてもこの国まで来られるような状況ではないはずです」

「陛下は新し物好きですから、かねてより国内に蒸気機関車を走らせることを望んでおられまして。難しいだろうと言われていたのですが、イェラ国から打診があったらしく、その使者としてセヴェステル様がいらっしゃると……」

　確かにイェラ国は他国に蒸気機関車を売り出そうとしていた。実際にイェラ国から隣国へ線路を延ばすことで、蒸気機関車を走らせる調整が進んでいたことをユーネは知っている。そして、世界各国がイェラ国の蒸気機関車を欲しがり、技術の導入を求めて交渉していることも知っていた。

　まさか海を越えたこの国が交渉のテーブルにつく機会を得られるとは思わなかった。

　――否。そういう機会を作り出したのだろう、セヴェステルが。仕事として堂々とこの国に来るために。

　彼はそうできるだけの権力と財力、そして能力を持っている。

「婚約者のいるアマリア様が男性を案内するわけにはいかないと訴えてみましたが、聞き入れてもらえませんでした。国賓（こくひん）であるトゼ公爵をもてなすのは王命だと……」

　これは確かに緊急事態だ。蒸気機関車が欲しい国にしてみれば、使者でありイェラ国の王族でもあるセヴェステルをもてなすのは最優先事項である。どんな事情があろうと貴族として、レーヴン伯爵家は王命を断ることなどできない。だからといって、アマリアがセヴェステルに会うわけにもいかない。

「……どう、するのですか？」

「公爵が来国する時期にアマリア様には遠方の別荘で過ごしていただきます。ユーネさんには再びアマリア様として公爵をもてなしていただけないでしょうか？　謝礼はいくらでもお支払います。近隣大学への入学のお手伝いもしますので、どうか……！」

執事が深々と頭を下げてくる。

確かに一時的にユーネが身代わりになるしか方法はないだろう。セヴェステルが知っている伯爵令嬢アマリアはユーネなのだから。けれどイェラ国ならともかく、この国でアマリアのふりをするのはかなり危険だ。今さら本物のアマリアを出せるわけがないとわかっていても、腰が引けてしまう。

「私がアマリア様のふりをしているところを他の貴族に見られたら、おかしく思われるのではないでしょうか？」

この国の高位貴族でアマリアの顔を知らない者のほうが少ないだろう。偽りを貫き通せるとは思えない。

「公爵はレーヴン伯爵領付近にある王族の離宮に滞在するご予定なのですが、本来の目的は仕事ですので国内の案内は不要だと。仕事外の時間……たとえば食事ですとか、ティータイムをアマリア様と一緒にお過ごししたいとのことなのです。おそらくユーネさんがアマリア様のふりをしている時は他の貴族と顔を合わせるようなことはないと思います」

「そうですか……」

それを聞いて、少しだけ安心できた。だが、セヴェステルと永遠の別れのつもりで去ったのに、たった半年で顔を合わせるのはとても気まずい。

かなり気が進まないけれど、ユーネやレーヴン伯爵家だけの問題ではなく、これには国の利益が絡んでいる。

「わかりました。しかし、私が伯爵領から出ないですむように、また、セヴェステル様がいる間は伯爵領に他の貴族が来ないようにしていただきたいのです」

「それはもちろん、ぬかりなく。我々としても身代わりの件が露見するわけにはまいりませんから」

「それと、セヴェステル様の滞在中は伯爵とご夫人は屋敷にいらっしゃらないほうがいいと思います」

ユーネの言葉に、執事は小首を傾げる。

「なぜです？　アマリア様と一緒にセヴェステル様をもてなすべきでは？　伯爵家の当主と夫人が不在では公爵様に失礼にあたりませんか？」

「もしアマリア様のご両親がいるとなれば、あのかたはその場で婚約を了承させ、誓約書にサインをさせると思います。セヴェステル様には普通の会話など望めません。とにかく話が通じないのです。ですから、万が一がないように伯爵夫妻は物理的に離れた場所にいてほしいのです」

卒業間際、彼はアマリアの両親に挨拶に来ると言っていたのだ。相手は機関車の技術を持つ国の公爵である。そして話が通じない。伯爵夫妻が断れると楽観的なことなどユーネには考えられない。

「留学に同行したメイドたちから話を聞いておりましたが、公爵はそこまでなのですか」

「そうなんです……！」

ユーネは力強く頷く。

「わかりました。ちょうど、奥様のご母堂が遠方にいらっしゃいます。体調を崩したことにして伯爵夫妻が見舞いに行き、公爵の案内人と使命されたアマリア様だけが残ったことにいたしましょう」

ユーネには祖父母がいないし、セヴェステルにも祖父母はもういなかったはずだ。祖父母の年ならなにがあってもおかしくはなく、知らせを聞いて伯爵夫妻が揃って駆けつけることに違和感はない。

これで婚約の書類を作れないだろうとユーネはほっとする。成人しているとはいえ、貴族の結婚には家同士の利益も絡むため、当人同士だけで決めることはできず親の了承が必要だからだ。

「セヴェステル様はお忙しいおかたですから、頻繁にこの国にはこられないはずです。今回だけなんとかしのいで、次にいらっしゃるまでにアマリア様が嫁いでいれば……」

今回は技術の導入ではなく、蒸気機関車を購入するだけだとしても、国内で走らせるためには線路や駅、運転士の教育が必要になってくる。短期間で終わるようなことではないのだ。

「結婚のご予定は年明けでしたか？」

「はい、結婚の準備は着実に進んでおります」

「それなら大丈夫そうですね。今回だけ、なんとか頑張ります」

「どうか、よろしくお願いいたします」

執事が深々と頭を下げる。

最初に身代わり入学を提案してきたのは伯爵家だが、勉強する好機だとそれを受け入れたのはユーネだ。セヴェステルにうっかり気に入られてしまったのもユーネの責任だし、自分で蒔いた種なのだから逃げるわけにはいかない。一度ついた嘘は貫き通さなければ。

（まさか、セヴェステル様とまた会うことになるなんて……）

――もっとも会いたくて、会いたくなかった人。

嬉しいのか悲しいのか、複雑な思いがユーネの胸中に渦巻いていた。

◆　◆　◆　◆

約半年ぶりに豪奢なドレスに袖を通し、ユーネは大きく息を吐く。

ユーネは伯爵領で伯爵夫妻とアマリアを交えて念入りに打ち合わせをした。セヴェステルがいかに破天荒な人物でどれだけ話を聞かないかを、留学についてきてくれたメイドやフットマンが伝えるのに協力してくれて、最初は不在にすることに懸念を抱いていた伯爵夫妻は奥方の実家に滞在することに納得してくれた。

アマリアも伯爵夫妻に同行したため、レーヴン伯爵領には本物の伯爵家の人間は誰一人いなくなってしまった。

再び身代わりの伯爵令嬢となったユーネはセヴェステルの訪れを待つ。

セヴェステルはすでに昨日この国に到着している。王宮では国賓を歓迎する豪華な宴を開いたらしい。昨夜はそのまま王宮に泊まり、今日からは本人の強い要望で伯爵領の近くにある王族の離宮で過ごすことになっている。そして離宮に向かう前に、伯爵家に立ち寄る予定だ。

（……セヴェステル様は今もまだ私のことを好きでいてくれるのかしら？）

セヴェステルが未だにユーネのことを好きだという前提のもと、最悪の事態を想定してアマリアと共に伯爵夫妻に領内から離れてもらった。だが、もしかしたら純粋に仕事のためにこの国を訪れた可能性があることに今さらながら気付いてしまった。

　いくらセヴェステルがユーネに運命を感じていたとしても、あんなふうに一方的に彼の前から去ってしまったのだ。まだユーネのことを好きでいてくれるなんて、とんでもない思いこみのような気がしてしまう。それに――。

（私という邪魔者がいなくなったら、令嬢たちがあんな素敵な人を放っておくはずがないもの。私のことなんて一時の熱病みたいなもので、今はただの学友としか思っていないかもしれないわ）

　もしかしたら恋人ができているかもしれないと思うだけで胸がキリキリ痛む。

　彼から他の女性との話を聞かされたらつらいだろうけれど、それはユーネが受けるべき罰だろう。心で泣こうが、顔は笑ってセヴェステルを祝福しなければ。

　なんにせよ、半年以上が経過している。自分を好きなままでいるのか、それとも別の女性を見つけたのか、わからない。確かなことは、彼になにかしらの意図があってアマリア・レーヴンを指名してきたということのみ。今のユーネにできるのは、王命である案内人としての仕事を誠心誠意全うすることだけだ。

「公爵様がお越しになりました」

「……っ！」

　エントランスホールでそわそわしていたユーネは訪いの報を受け、緊張で顔を強張らせた。今すぐここから逃げ出したいけれど、そういうわけにはいかない。

　足に力をこめてぴんと背筋を伸ばした。貴族令嬢らしい態度をとらなければ。

　玄関の扉が開いてセヴェステルが入ってくる。

　鮮やかな金髪は変わらない。彼を見た瞬間に胸が騒ぎ、恋心が再び芽吹いてくるのを感じた。燻っていた想いは消えておらず、速まる鼓動が全身にセヴェステルを好きなのだと伝えてくる。

「ようこそいらっしゃいました、セヴェ……」

「会いたかった！」

　たっぷり練習をした挨拶を披露するより先にセヴェステルに距離を詰められ、気がつけば彼の腕の中にいた。あまりのすばやさに驚いてしまう。

「この国に来るために仕事をとりつけて海を渡ってきてしまったよ！」

　セヴェステルは喜びを隠すことなく、抱きしめながらユーネの頭に頬ずりをしてくる。まるで犬みたいだ。

　セヴェステルの気持ちは、あの時と全然変わっていないらしい。

　好きだという思いがあからさまに伝わってくる。それを嬉しく思う気持ちと、再び彼の気持ちを無下にしなければならないというつらさでユーネは苦しくなる。

ユーネは彼の腕から逃れようと胸を押し返しながら抗議する。

「セヴェステル様、放してください」

「おっと、こんな昼間から俺の胸に触れるなんて。君という人は、どれだけ俺が好きなんだ。それは夜の楽しみにとっておいてくれ」

「違います！」

大きな声で否定する。これだけのやりとりで周囲の使用人たちはトゼ公爵の奇想天外さを把握したようだ。なんとなく、彼に引いている雰囲気が伝わってくる。

この場にいるのは、伯爵令嬢アマリアを演じるユーネをサポートするために選ばれた者たちだ。ある程度事前にトゼ公爵という人物について情報を共有されているが、まさか婚約者ではないレディにいきなり抱きつくとは思いもしなかったのだろう。

「こちらへどうぞ。お茶でも飲みませんか？」

「ああ。照れている君もかわいいよ」

セヴェステルは腕の中から解放してくれたが、流れるような動作でユーネの手をとり、なぜかエスコートをしてくれる。紳士的ではあるが、婚約者のような親しい振る舞いかたである。

まるで恋人のように腰を抱かれるなどすれば拒否もできるが、喜色に満ちた表情で紳士的にエスコートをされると断りにくい。ユーネは大人しく彼を応接間に案内する。

伯爵家の執事とメイドだけでなく、イェラ国の王族であるセヴェステルの護衛と執事も同行しているので、広い応接間がみっちりと人で埋まっているような状態になっていた。

ユーネはメイドに紅茶を用意してもらいつつ、まずは当たり障りのない話をすることにした。

「船旅はいかがでしたか？」

「長く船に乗るのは初めてで、貴重な経験だったよ。こんなふうに海を渡ったのかなと、ずっと君のことばかり考えていた」

たわいのない話題のつもりだったのに、即座にまっすぐな好意を示されてユーネは言葉を詰まらせる。久々に彼の熱意を浴びて、ユーネの心中はかなり動揺していた。

――セヴェステルの態度が在学中とまったく変わっていないのだ。あれだけ徹底的に拒絶したというのに。

セヴェステルは船の上での話をにこやかに聞かせてくれるが、ユーネは気もそぞろである。落ち着かない。

「セヴェステル様、そろそろお時間です」

彼の執事が離宮への移動時間だとセヴェステルに声をかける。

「そうか。離れがたいが離宮に向かわなくては。今日は君のご両親にお会いできると思っていたんだが、どうやら屋敷にいらっしゃらないようだ。なにか用事でも？」

「母方のお祖母様の具合が悪くて二人揃ってお見舞いに行っているのです。もう高齢ですのでなにがあってもおかしくはなく、しばらく滞在すると」

「そうだったのか。では君も見舞いに行きたかっただろう。大変な時に来てしまってすまなかったね」

「お気遣いありがとうございます。でも、私は少し前に会いに行ったばかりなのです。お祖母様は静かに過ごすのがお好きで、大勢で押しかけるとかえって具合が悪くなってしまうかもしれないですし、今回は両親だけが行くことになりました」

あえて祖母のために見舞いに行くのを我慢していると伝えることで、セヴェステルが挨拶を兼ねて見舞いたいと言い出さないように誘導する。

「喧噪がお嫌いならば仕方ないな。お祖母様がご存命なら挨拶したかったが、具合が悪いのであればそういうわけにもいかない。後で見舞いの品を贈ろう。……しかし、そういう事情ならば俺の滞在中に君のご両親がこの伯爵邸に戻られるは難しいかもしれないのか」

セヴェステルは困ったように眉根を寄せた。

アマリアだけでなく伯爵夫妻にも屋敷を不在にしてもらって正解だったようだ。

(よかった……！　セヴェステル様は思考回路はおかしいけれど、常識がないわけではないもの。病気だという祖母のもとに無理やり行こうとはしないでしょうし、これで伯爵夫妻と会わせずにすむわ)

ユーネはほっと胸を撫で下ろす。

王族と貴族の国を越えた婚約が親抜きで行われることはないだろう。

後はセヴェステルの滞在中、当たり障りなく適切な距離を保って案内人を務め、やりすごすだけでいい。

「では、最後にこれを」

セヴェステルが執事に目配せをすると、執事が書類をユーネに手渡した。

「これは……？」

「俺の日程表だ。空いている時間はすべて君と過ごそうと思ってね。今日はこのまま離宮に向かうが、明日からはできるだけ食事を一緒にとりたい」

ユーネは日程表を確認する。この国に仕事で来訪したセヴェステルは毎日なにかしらの用事が入っていた。しかし、長時間拘束するようなものはない。

通常、国外での仕事は短期間の滞在ですむように日程をめいっぱい詰める。

だがセヴェステルはユーネとの時間をとるために、わざと余裕のある日程を組んだのだろう。おそらく国を開けていられるぎりぎりの最大限の日数を使ってここに滞在するつもりらしい。

この国としては、イェラ国の王族であるセヴェステルに長く滞在してもらえるのは望ましいことである。蒸気機関車以外の商談を進められる可能性もあるし、先進国と友好関係を結べる機会を逃したくないだろう。

だが、レーヴン伯爵家にとっては厄介な事態だ。遠目に日程表を見た伯爵家の執事が一瞬表情を強張らせる。

「さて。俺をもてなしてもらえるように君の国に要請をしていたと思うけれど、君の都合はどうかな？　この日程に問題はあるかい？」

「この書類でセヴェステル様のお仕事が空欄になっている部分をすべて一緒に過ごすということですよね？」

若干おののきつつ、ほぼ毎日のように存在する空欄を確認しながら問いかける。

「ああ、その通りだ。もっとも、俺は君と一緒にいられるだけで満足だから観光なんてするつもりはないよ。ぞろぞろと護衛を引き連れていくのも大変だ。ここか離宮でゆっくり過ごせればそれでいい。君が側にいるだけで俺にとっては天国だからね」

「……っ」

まっすぐすぎる好意にユーネは言葉を詰まらせてしまう。

とりあえず、アマリア・レーヴンとしてセヴェステルが満足できるようにもてなすのがユーネの役目である。国益を考えると機嫌を損ねるわけにはいかない。

「おそらく……大丈夫です。精一杯務めさせていただきます」

「ははっ、そんな堅苦しいことを言わないでほしい。君と俺との仲だろう？」

そう言うとセヴェステルは立ち上がる。

こうやって彼が会話の合間に挟んでくる、なんらかの関係があることを示唆する言葉にユーネは内心冷や汗をかく。この国の貴族に聞かれでもしたら、アマリアの評判に傷がつく。できればセヴェステルの滞在期間中に会う時間を減らしたいが、ユーネが離宮を訪問することで、少しでも彼が大人しくしていてくれるのであれば、選択肢は他にないのだ。

「明日からは仕事の会食が入っていない限りは食事も一緒だ。離宮と伯爵邸、どちらで食事をとるかは君たちで調整してくれ」

セヴェステルは自分の執事と伯爵家の執事に指示をすると、ユーネの手をとり甲にちゅっと口づけた。

「今日はこれで失礼するよ。明日は久々に一緒に食事をとれるね。楽しみだよ」

「……お気をつけてお帰りください」

セヴェステルが立ち去った後、伯爵家の使用人たちは深く溜め息をつく。他国の王族であり国賓を迎えるのだからさすがに緊張していたのだろう。そして、ユーネに対するセヴェステルの言動にドン引きし、緊張からくる疲労とはまた別の溜め息をついた。

「ユーネさん。公爵とは恋仲のように見えましたが、あれがすべて公爵の妄想ということですか……？」

ずっと後ろに控えていた伯爵家の執事の声が震えている。ユーネが答えるよりも先に留学についていったメイドとフットマンが答えた。

「そうなんです。ずっとあの調子で……」

「両思いだと思いこんでいて、彼女の言葉も俺たちの言葉もまともに届きません。ちょっとした恐怖ですよ」

彼らの話を聞いて執事は悩ましげに眉間に手をあてる。

「本日は公爵のご機嫌を損ねないように振る舞っていたかと思いますが、明日からはもう少し距離をおとりになってください。場合によっては、公爵を拒絶する姿勢を見せてもよろしいかと。わざわざお金をかけてこの国までいらっしゃったのです。個人的な感情を仕事に影響させることはなさらないでしょう。意中の女性に冷たくされたところで、蒸気機関車の話を反故にするとは思えません」

「は、はい」

どうしても国益のことが気になって弱腰で対応してしまったが、言われてみればその通りである。

キスされた手の甲がじんと熱を持つ。

あれから半年も経って気持ちの整理もつき始めたと思っていたが、結局はセヴェステルへの恋心がユーネの胸でまだ燻っている。ユーネがどれだけ彼を想っていようとも、彼がどれだけ想いを告げてくれても、受け入れるわけにはいかないのだ。

（明日からは、きちんと拒絶しないと……）

胸の奥がちくりと痛んだ。

再会初日に渡された予定表の通り、セヴェステルの予定が空いている時間はすべてユーネと共に過ごしている。今日は離宮でセヴェステルと晩餐を一緒にとる予定だ。

離宮でもセヴェステルがイェラ国から連れてきた護衛騎士と、伯爵家の執事と使用人たちが常に側に控えているので、二人きりになることは決してない。

恋人や婚約者のようにセヴェステルが距離を詰めてきた時は強く拒絶しなくてはと覚悟していたが、彼は再会時のような抱擁をすることもなく紳士的に振る舞っている。

だからといって警戒を怠るわけにはいかないが、蒸気機関車の資料をもとに彼が話してくれる内容に知的好奇心を刺激され、新しい知識を得られる喜びに心浮き立ってしまう。

蒸気機関車の購入に直接関係のないユーネが見せてもらえる資料のほとんどは博物館で見たものだが何度見ても面白い。

機密資料を見せられない代わりにセヴェステルが細かく説明してくれた蒸気機関車のない地域への導入工程はとても興味深く、知的好奇心を満たせたことへの満足からユーネは瞳を輝かせずにはいられなかった。

「何度聞いても素晴らしいですね」

晩餐の席についていても喜びに満ちているユーネを見て、セヴェステルは嬉しそうに顔をほころばせた。

「おっと。その目から俺を好きだという気持ちが溢れているよ。まいったな」

「いいえ、新しい知識を得たことに喜んでいるだけであって、決してセヴェステル様を好きなわけではありません」

「そうか、人前で愛を語らうのは恥ずかしいのか。君はかわいらしいな」

なにを言っても、セヴェステルの中にある「彼女は俺を好きだ」という認識は揺らがない。確かにそれは真実なのだが、せめて聞く耳を持ってほしいと思う。

「これは初めて見る野菜だ」

セヴェステルが視線を向けるサラダの中にはイェラ国にはない野菜が入っていた。

「こちらは我が国の名産です。苦いのですがとても栄養があるのですよ」

「なるほど」

セヴェステルはその野菜を口にするとわずかに顔をしかめた。

「……っ、こんな苦い野菜は初めてだ」

彼は飲みこむとグラスを手にとって水を口に含む。

「ふふっ、独特の苦みがありますよね。これを嫌いな子供も多いのですよ」

強い苦みから、かなり好き嫌いの分かれる野菜だ。珈琲（コーヒー）は好きでもこの苦みは駄目だという大人もたくさんいる。

しかしユーネはこの野菜が好きだ。なにせ、安くて栄養たっぷりなのだ。旬の時期には毎日食卓に並ぶ。

ユーネが美味しそうに口にする。セヴェステルは驚いたように目を瞠った。

「君は美味しそうに食べるんだね」

「この苦みも慣れれば癖になります」

「なるほどな……」

セヴェステルは眉間に皺を寄せながらも野菜を食べる。

「あまり無理をなさらないでください。離宮の料理長も我が国の特産品を食べていただきたいとサラダに入れたのでしょうけれど、大人でもこれを残す人は多いですから」

「いや、出されたものを残したくはない。それに父親の俺が苦手だという理由で食べ残したら、子供に好き嫌いはいけないと教えられないじゃないか」

「……え？　子供？　セヴェステル様にはお子様がいらっしゃるのですか？」

ユーネは瞠目（どうもく）する。

セヴェステルは「父親の俺が」と言った。あんなにユーネに迫っておきながら、実は子供がいたのだろうか。それとも今お付き合いしている恋人がいて、子供ができたのだろうか。胸がざらつく。

ユーネのそんな思いなど知りもせず、セヴェステルは明るく言い放った。

「これから生まれるだろう俺と君の子供のことだよ。……おっと、子供は授かりものだから、これは繊細な問題だね。すまない。子供を作るために結婚するのではないよ。君を愛しているから結婚するんだ。子供ができてもできなくても、幸せな家庭を作ろう」

「……っ」

ユーネはもちろん、その場にいた伯爵家の使用人たちが息を呑む。

「ど、どうして私とセヴェステル様が結婚するという話になっているんです？　私は結婚するつもりはありません」

「そうだね。君のご両親の許可をもらっていないから、まだ結婚できないね。でも大丈夫さ。今回が駄目でも何度でもこの国に来るよ」

夫婦にとって子供ができるかどうかは繊細な問題である。そこには気を使えるのに、どうしてユーネの拒絶の言葉はセヴェステルに届かないのだろう。なにを言おうとすべて斜め上の回答しか返ってこない。

この後もかみ合わない会話が続き、ようやく伯爵邸に帰るために馬車に乗りこんだ時にはぐったりと疲れ果てていた。

当初、執事や他の使用人たちは、セヴェステルに「婚約者がいる」と伝えさえすれば解決するのではないかと主張していた。普通の相手ならそれですむ。だが、彼は普通ではない。ユーネと一緒に留学先へ行ったメイドたちがいくら説明しても、実際に目にするまで半信半疑だった彼らもセヴェステルの言動に顔を引きつらせるしかないようだ。

これだけ斜め上な思考で話を聞いてくれない人に婚約者の存在を知られては、とんでもない解釈をしたうえで婚約解消させるように行動するかもしれない可能性に、アマリアの幸せを願う伯爵家の使用人たちは震えずにはいられない。

馬車に同乗する執事が溜め息混じりに口を開いた。

「凄まじいですね……」

「……」

再会してからの彼は以前と変わることなく、ユーネの言動から愛を見出し、またユーネに愛を囁くのをやめないのだから。

「私なりに考えましたが、これはもう、お嬢様……つまり、ユーネさんに恋人がいるふりをしたほうがいいのではないでしょうか？　口で言っても伝わらないなら実際に見せるしかないかと。舞台役者を手配してユーネさんの恋人役をしてもらいましょう」

「そんなことをして、アマリア様の評判に傷がついたりしませんか？」

隣国の婚約者にアマリアがどれだけ強い想いを抱いているかを知っているだけに、ユーネは彼女の結婚に悪影響が出ることを恐れる。それは伯爵家の執事も同じだろう。

「今ここにいる伯爵家の使用人たちは全員事情を知っておりますし、口が堅くて信用のおける者だけを残しております。対外的には、案内人のお嬢様の手伝いとして呼んだ人物だと言えばいいのです。あながち嘘ではありません。公爵様に諦めていただくお手伝いをしてもらうのですから」

セヴェステルが離宮に滞在している間、ユーネのサポートのために残った者以外の使用人は休暇を与えられている。現在のレーヴン伯爵邸は最少人数の使用人で仕事を担当しているらしい。

またアマリアの婚約と結婚についてはこれから公にする予定だったため、まだ社交界では知られていない。

アマリアに変な噂が立ってもいけないが、かといってこのままセヴェステルに偽のアマリアを想い続けられても大変なことになる。彼は結婚の許可をもらえるまで何度でもこの国に来ると言っていた。アマリアの結婚まで時間はあまりない。今回の来訪で完全に諦めてもらうためには、ここで一芝居を打つ以外方法はないのかもしれない。

「わかりました」

「明後日、公爵様が伯爵邸にいらっしゃる時までに間に合うよう、舞台役者の手配をいたします。公爵様とは見かけが正反対の人がよろしいでしょうね」

「そうですね。綺麗な容姿の殿方だと、俺のほうがいい男だと言い出しそうですもの」

胸がチクチク痛む。本当は好きな人に偽の恋人を見せつけるなんて、そんな真似はしたくない。けれどこれが、偽りの姿で彼と身体を重ねてしまったユーネへの報いなのだろう。

これから先もユーネを想い続けてしまっては彼の時間を奪うことになる。彼に幸せになってほしいのだ。どんなにつらくても、やらなくてはならない。

ユーネはさらに嘘を重ねる覚悟をした。

──それがセヴェステルにとんでもない行動を起こさせることになるなど、この時はまったく予想していなかった。

◆◆◆◆

異国の夜空を眺めながらセヴェステルは杯を傾ける。きらめく星々に双眸を細めながら最愛の女性を想った。

(彼女が側にいるだけで胸が満たされる。今回が駄目なら何度でも来るが、なんとかイェラ国に連れて帰りたい)

彼女と再会してからは毎日が幸せだ。しかし、この国での滞在期間は決められており、公務を考えると大幅に延長するわけにもいかない。帰国してしまえば、再びこの国に来られるまで数ヶ月はかかるだろう。

（なんとかレーヴン伯爵と話をつけたい）

伯爵夫妻が不在と聞いたセヴェステルはこの国の王族の力を借り、レーヴン伯爵と連絡をとるため極秘裏に使いを飛ばした。そろそろ連絡がとれる頃だろう。

（蒸気機関車が走っていればすぐなのに、馬車での移動はどうしても時間がかかってしまう。……まあ、伯爵と話をつけられれば後はもう簡単だ。きっと帰りの船には彼女も乗っているはず）

長い船旅も彼女と一緒なら楽しく過ごせることだろう。むしろ、陸路よりも邪魔が入らず二人の時間を堪能できるかもしれない。

甘い時間を妄想しながら酒をあおる。

「結局、君は俺のことをずっと好きだったんじゃないか」

セヴェステルは少しだけ責めるような口調で呟いた。

――半年前、彼女は親の決めた婚約者と結婚すると言いイェラ国を出ていった。

それを聞いた時は激しく動揺した。

あれだけ自分を好きだという気持ちを溢れさせている彼女が、親の決めた相手と結婚すると言い出すなんて思いもしなかった。自分への想いを封印して他の男へ嫁ぐなんて選択をさせたくない。あの時は急ぎの公務があったため、ろくに説得もできないまま彼女を置いて出立するしかなかった。

不安を抱えたまま公務をこなしたが、その日の夜にはセヴェステルはすっかり落ち着いていた。

――彼女が自分以外の男を好きになれるはずがない、と。

セヴェステルはイェラ国の王族だ。王の甥であり、かなり高貴な身分である。この世界に王族はたくさんいても、イェラ国ほど文明が進んだ豊かな国はそうそうないだろう。おそらく、彼女が親に結婚させられるかもしれない男はセヴェステルの血筋より劣るはずだ。

もちろん、セヴェステルの長所は血筋だけではない。血筋のよさは容姿にも現れ、女性よりも美しい顔立ちをしているのではないかと自分でも思うほどだ。くすみのない金の髪は鮮やかに輝き、珍しい紅色の目も気に入っている。

はたして、この自分より容姿のいい男が世界に何人いるのだろうか？

在学中、彼女はこの顔を毎日見ていた。セヴェステルの美貌に慣れた彼女が今さら他の男に惚れるとは考えにくい。過去も未来も含めて彼女が一生のうちに出会う男の頂点はセヴェステルだろう。

しかも、そのセヴェステルは彼女をこんなにも深く愛しているのだ。彼女を思う強さで勝負をしたら絶対に負けない自信がある。

（これほど素晴らしい俺という男が彼女を愛しているという奇跡。俺以外の男を好きにな

るなんて到底無理な話だろう）

彼女が母国に戻りセヴェステルと会えない間も、自分以外の誰かと恋に落ちるとは思っていなかった。だが、親に結婚を決められたら、そのまま嫁いでしまう可能性がある。よってセヴェステルは少しでも早く彼女と再会できるように蒸気機関車輸出事業の話を進めた。

そして、彼女と再会し——一目見てわかったのだ。ああ、彼女は自分に恋する目をしていると。

彼女の瞳の奥に灯る恋の炎は消えていない。自分よりいい男はそうそういないとわかっていても、抱いていた微小な不安は一瞬で霧散した。

セヴェステルと再会した彼女はずいぶんと戸惑った様子だったが、親の決めた相手と結婚すると言って離れたのだから気まずくなるのも当然だ。

（俺は気が利く男だ。昔の話を蒸し返したりはしないし、彼女だってその話には触れられたくはないだろう。なんだかんだいっても、半年間ずっと俺を好きなままだったことは彼女が一番よくわかっている）

彼女が居心地の悪さを感じるのは最初だけ。頭がいい女性だし、セヴェステルが気にしていないそぶりをしていることに気付き、その厚意に甘えて前のように接してくれるはずだと考えている。

去った彼女を責めるつもりはない。自分という男に恋している彼女は、きっと親のすすめる結婚を素直に受け入れることができずに苦しんだに違いない。彼女に会えない半年間は切なかったけれど、これから自分たちが一切の迷いなく愛しあうために必要な時間だったと思う。

（ただ、そんな時間は半年で十分だ。もう離れるつもりはない）

レーヴン伯爵に送った使いは会えるだろうか？　結婚に向けて準備した書類に不備はないはずだ。後は伯爵のサインさえもらえればいい。

「しかし、彼女はいつまで恥じらっているつもりかな？　もうキスくらいしてもいいだろうか」

セヴェステルはこの場にいない彼女に向けて問いかける。一人の部屋での呟きは宵闇に紛れるように静かに消えた。

第四章

「はじめまして、クリフと名乗らせていただきます」

その男性は落ち着いたバリトンの声で、偽名を告げた。

高潔（ノーブル）な美男子であるセヴェステルとはまた違った野性味溢れる色男に、側に控えていたメイドたちが小さく黄色い声を上げる。

ユーネの目の前にいる男性の年齢は三十歳くらいだろうか。セヴェステルよりも背が高い。顎髭（あごひげ）を生やし、しなやかな体軀（たいく）から大人の男の色気を纏う彼は伯爵家の執事が手配した舞台役者である。舞台でもかなり人気がありそうだ。

「本当は婚約者がいるのに、高貴な人物に乞われてお困りだと伺いました。そういう相談は今まで何度も受けており、すべて解決しています。僕にお任せください」

クリフには身代わりの件は説明しておらず、アマリア本人が困っているという体で話を持ちかけたようだ。アマリアは結婚したらこの国を出るし、もしなにかの偶然で街でユーネと鉢合わせしても、貴族からの依頼仕事に慣れている彼はなにか事情があるのだろうと察して知らぬふりをするはずだと執事は言っている。仕事料金には口止め料も入っているのだろう。

今日のセヴェステルは要人たちと昼餐の予定が入っており、レーヴン伯爵家に三時頃に来訪予定である。よって、午前中に芝居の打ち合わせを終わらせなくてはならない。

「それでは、今日の流れですが……」

執事が先導して恋人計画を話す。

セヴェステルが伯爵邸に到着した後、アマリアの恋人であるクリフが突然屋敷に来訪したという設定だ。そこでユーネが「実は、この人とお付き合いしているのです」と宣言し、セヴェステルのことは大学時代のいい友人としか思っておらず、異性として愛しているのはクリフだけだと告げる。

自分と真逆の魅力を持った色男が恋人ならば、さすがのセヴェステルも諦めるのではないかと執事は言った。

「お嬢様、しつこい男には恋人との睦まじい様子を見せつけるのが効果的です。肩や腰に手を回すかもしれないし、必要だと思ったらキスもします」

「キ、キスするのですか……！」

クリフの言葉にユーネは思わず唇を押さえる。

「本当に口づけたりはしません。顔に角度を付けながら頬に手を当て、口づけているように見せるだけです。舞台の上でも行われる技法ですから安心してください。婚約者のいるお嬢様に本当のキスなんてできませんよ」

「そうなのですね」

ほっと胸を撫で下ろす。

「ですから、僕がキスをすると言っても安心して身を任せてください。下手に動かれると本当に唇がついてしまう可能性があるので、どうか動かないでくださいね」

「わかりました」

本当にキスをするのは抵抗があるけれど演技なら我慢できる。それに、あのセヴェステルのことだからキスくらいしてみせなければ納得しなそうだ。

二人の出会いから今までの思い出までねつ造し、細かく設定を詰めていく。ここまで細かく決める必要はないのではというところまで話し合った。上っ面の設定だけでは、ボロが出てしまう可能性があるからだそうだ。

打ち合わせの後は一緒に昼食をとり、クリフには時間まで待機してもらう。

セヴェステルを待っている間、ユーネは落ち着かなかった。

——今度こそ彼と決別する。

　蒸気機関車の件は順調に話が進んでいるようだし、今さら国同士の話を反故にするようなことはしないだろう。女性に振られた程度でそんな暴挙に出ようものなら、イェラ国にとっても恥ずかしい話だと思う。

（上手く演技できるかしら……。でも、クリフさんは私の様子がおかしくても平気だと言っていたわ）

　自分に好意を抱いている国賓と恋人が鉢合わせたら普通は動揺するので、無理して演技しなくてもいいと言われた。戸惑ってわたわたしているくらいがちょうどいいようだ。それに、ユーネがなにかしてしまったら執事とクリフが助け船を出してくれるらしい。

（わかっていても緊張するわ……）

　ユーネはそわそわしながらエントランスホールをうろつく。

「セヴェステル様がいらっしゃいました」

　玄関を開けてフットマンが告げてくる。いよいよだとその場の空気がひりついた。

　側で待機しているメイドたちにも緊張が走る。

　ユーネはゆっくり深呼吸をすると、満面に笑みを浮かべたセヴェステルがエントランスホールに入ってきた。

「ごきげんよう、俺の最愛の人。今日の君も世界で一番かわいいね。俺を好きすぎるあまり、そんなにかわいくなったのかな？」

「ごきげんよう、セヴェステル様」

今日も今日とて出会い頭からかなり圧が強い。その自信がどこから来るのか。ユーネが好きなのはセヴェステルであると確固たる思いを抱いているようだ。

「今日はセヴェステル様に見ていただきたいものがあるのです」

ユーネはエントランスホールの壁際に飾ってある花瓶に彼を誘導する。

いつもならすぐに応接間に通すが、これから恋人がエントランスホールに駆けこんでくるということになっているからだ。

「ああ、綺麗な花だね」

花瓶に生けてある花を眺めて彼は微笑んだ。

「実は私が生けてみたんです。メイドたちに比べると下手ですけど」

庭に咲いている花を適当に花瓶に挿しただけのものだ。一応は色合いやら花の高さやらを調整してみたものの洗練された美しさはない。

しかし、セヴェステルは感動したように目を瞠る。

「俺を歓迎するために、わざわざ花を飾ってくれたのか……！」

心底嬉しそうなセヴェステルを見ると、これからすることへの罪悪感に苛まれる。

それでも、やらなくてはならない。これは結果的には彼のためになる芝居なのだ。偽りのアマリア・レーヴンと絶対に結ばれることはないのだから、彼の想いを断ち切らなくてはならない。

(今日ですべてを終わらせるわ)

セヴェステルは花瓶の花をひとつひとつ丁寧に褒めていく。彼の言の葉からは愛が溢れていて胸がちくりと痛んだ。

玄関が突然大きな音を立てて開かれた。

「アマリア！　どうして僕と会ってくれないんだ！」

予定通りクリフは登場するなり声を張り上げ、二人の近くに歩み寄ってくる。

セヴェステルは闖入者からユーネを守るように背に隠した。

「失礼。どなたかな？」

「僕はクリフ。アマリアの恋人だ」

背が高いセヴェステルよりも、上の位置からクリフは見下ろしながら言い放った。

「彼女の恋人……？　君、妄想癖が激しいんじゃないか？　医者に診てもらうといい」

どの口が言っているのか。

自分のことを棚に上げてセヴェステルが冷たく切り捨てる。

「妄想ではない。僕は三ヶ月前から彼女と付き合っている。なあ、アマリア？」

「は、はい。そうです。クリフさんは私の恋人です」

さっとセヴェステルの脇を通り抜けたユーネはクリフの横に立った。すると、クリフがユーネの肩を抱く。

「は？　恋人？　三ヶ月前から付き合ってるって？」

セヴェステルが双眸を細めた。

射貫くような鋭い眼差しに、ユーネの背筋を冷たいものが走る。

いつもユーネに甘くとろけるような眼差しを向けているとは思えないほど、今のセヴェステルは王族らしい威圧を放っていた。

「そうだ。国賓の相手をするからしばらく会えないと言われたが、どうしても我慢できなくて来てしまったよ。それまでは毎日愛しあっていたんだから、寂しく思うのも当然だろう」

クリフは肉体関係を匂わせる言葉を言い放つ。

「アマリアに会えなくてどれだけ寂しかったことか！　君の唇に触れさせてくれ」

クリフはユーネの顔を切なそうに見る。ユーネがセヴェステルをエントランスホールに留める以外の流れは、場の空気を読んだクリフに任せることになっているのだが、さすがは舞台役者だというべきか。久しぶりに会えて感情が昂った勢いで恋人にキスをする流れを作ってしまった。

ユーネは事前に言われていた通り下手に動いたりせず、クリフを見上げて瞳を閉じてじっと待つ。

頬に手を添えられたと思った次の瞬間、唇が重なる。

「……っ！」

本当に口づけたりしないとクリフは言っていたのに、しっかりと彼の唇が接触している。

（うそ、どうして……）

ふりだけのはずだったのになぜ……。ユーネは愕然とした。セヴェステル以外の人と口づけることになるなんて思いもしなかった。

「ん……っ、ん」

唇を重ねるだけのキスではなく、下唇を吸われて舌を差しこまれた。

ユーネの唇を貪るように彼の舌が口内を動き回る。

突き飛ばしそうになったけれど、今は大事な芝居中であるということがユーネの身体を縛り付ける。口づけられ、なぜかセヴェステルとの、あの忘れられない日を思い出す。

こんな時でさえも、セヴェステルとの思い出に縋る自分はどれだけ彼のことが好きなのだろう。

切なくて涙が滲みそうになった時、ふと騒がしい声が耳に届いた。

「セヴェステル様っ、どうかおやめください！」

執事の必死な叫び声にユーネは困惑した。

（え？　セヴェステル様？）

目を開ければ、視界に入るのは輝かんばかりの金髪。

「……っ？」

視線を横にずらすと、愕然としているクリフの姿が視界の隅に入った。

どうやら、ユーネはクリフとキスをしていないらしい。自分に口づける金の髪の男はつまり――。

「ぁ……っ、ん……」

気付いた次の瞬間、ユーネはセヴェステルの腕の中に抱えこまれていた。抱きしめる腕は優しいのに力強く、逃げられない。顎を彼の手で掴まれて、キスはさらに深くなる。

怯えて縮こまった舌がセヴェステルの口内に誘われ、唾液をすすられた。

「はぁっ、甘い味がする。俺を好きだから、こんなに甘くなるんだろう？　少しキスしただけで君が全身から俺を好きだと伝わってくる。あの男が君の恋人なんて嘘だね？」

「……いいえ、そんなことはありません！」

彼の腕の中でユーネはじたばたともがくが、ろくな抵抗ができない。くちゅくちゅと二人の唇が奏でる淫らな水音がエントランスホールに響く。セヴェステルは周囲に人がいることをまったく気にしていないかのようだった。

「セヴェステル様、落ち着いてください」

「それはさすがに……」

伯爵家の執事と使用人がセヴェステルを引き剝がそうとするが、身分の高い彼の身体に触れることを躊躇って強引なことができないようだ。

体格のいいクリフがセヴェステルの肩に手を伸ばす。恋人役として雇われた責務を果たそうとしているのだろう。

「おい、僕の恋人に触れるな……って、うわっ！」

肩に触れたと同時に、セヴェステルはクリフの腕を摑むとひねり飛ばした。どすんと大きい音がしてクリフが仰向けに倒れる。王族である彼は護身術も会得しているのかもしれない。

すぐにクリフは起き上がったので、どうやら単純にひっくり返されただけらしい。依頼を受けて恋人のふりをしてくれただけのクリフに怪我がなくて安堵するが、ユーネの置かれた状況は安心できるものではない。危機的状況である。

「んうっ……！」

何度も何度もキスをされる。

執事たちは体格のいいクリフでさえ簡単に退けられたのを目の当たりにして果敢に挑むことができず、「どうかおやめください」と必死に懇願している。

そんな彼らを無視してセヴェステルはユーネに囁いた。

「俺がいつまでたっても君にキスをしないから焦れてしまったんだね。でも恥ずかしくておねだりできないからこんな茶番を仕組んだんだろう？　……んっ、は……、……ふふっ。小さな舌も薄い唇も俺を好きだって言ってる。なんて愛らしいのか」

　確かに恋人のくだりは茶番だが、キスされたくて計画したわけではない。断じて違う。

　相変わらずセヴェステルの思考回路は常人のものではない。

　熱が籠もっていく口づけにユーネは焦燥に駆られる。

（もしかして、このままここで抱かれてしまうのでは……？）

　さすがにそんなことはしないと思いたいが、相手は常人とは違うセヴェステルである。絶対にそんなことはしないと言い切れないのが恐ろしい。ユーネが顔を青ざめさせると、ようやくキスから解放された。激しい口づけに息が上がってしまってろくに言葉が紡げない。崩れ落ちそうになったユーネをセヴェステルはなぜか抱き上げた。

「そういえば、初めて会った日もこうして君を抱っこしたね。懐かしいよ」

　セヴェステルはユーネを抱きかかえたまま、頬に、額に、唇に、触れるだけのキスを落としていく。

「セヴェステル様。あの……」

「君の気持ちはわかった。なにも言わなくていい。レディにあんなことをさせてしまうなんて、気が回らなくてすまなかった。大好きな俺に半年間も会えなかったのだから熱を持て余していたのだろう？　……俺もだよ」

「あの……そうではなくて……」

「もちろん、ここで最後までしないよ。君を抱くのはちゃんとベッドの上さ。そのくらいの分別はあるよ」

本当に分別がある人は人前でこんなことを言わない！　とユーネは心の中で指摘するが、セヴェステルに伝わるわけもない。

「ま、待ってください……」

「離宮のベッドはなかなか大きくて寝心地がいいから、きっと君も気に入ると思う」

「セヴェステル様、とりあえず落ち着いて話を……っ、ん！」

言いかけた言葉はセヴェステルの唇に飲みこまれていく。

どうしてこんなことになってしまったのか――抵抗しようにも熱い口づけに翻弄されて力が入らない。お腹の奥がじんと疼いた。羞恥のあまり、ユーネはもう周囲を見ることもできなかった。

そんなユーネを愛おしくてたまらないと言わんばかりの表情で見つめた後、セヴェステルは伯爵家の執事と使用人たちに言い放った。

「彼女はしばらく離宮で預かることにする。文句があるならこの国の王にでも言ってくれ。……できるものならね」

セヴェステルは言葉を失う執事たちに目もくれず、自分の従者に玄関の扉を開けさせると外に出る。ユーネを抱えたまま、車寄せの前に待機していた馬車に乗りこんだ。

離宮に着くなり、ユーネはセヴェステルの部屋へと連れこまれた。彼の執事には呼び鈴を鳴らすまで誰も部屋に近づけないようにと命じ、ベッドに寝かされたユーネにセヴェステルが覆い被さってくる。

「さあ、ようやく二人きりだ！　人前でできなかったことができるね」

セヴェステルはユーネにキスをしながら片手で器用に服を脱いでいく。伯爵邸のエントランスホールでの口づけよりも遥かに情熱的で、呼吸もままならないほどに激しく、馬車の中でもセヴェステルに首筋を吸われ、身体に触れられて、さんざんとろけさせられたユーネはもう力が入らない。服がどんどん脱がされて、抵抗しようにも手足が上手く動かず、あっという間に一糸纏わぬ姿にされてしまった。

偽の恋人がいるとみせることで諦めてもらうつもりだったのに、降るような口づけに翻弄されて彼の前で裸体をさらすはめになってしまう。ユーネはセヴェステルの斜め上の行動と、彼にされるがままの自分に困惑していた。

「誰も痕をつけていない白い肌だ。……俺だけが痕をつける肌だ」

膨らんだ乳房に唇を押し当てられる。じゅるっと音がするほど強く吸われ、赤い鬱血痕が肌に残された。

「ん？　ここ、もう勃ってるじゃないか。そんなに俺に吸われたいんだな。君のここは、なんていじらしいんだ」

　いつの間にか硬くなっていた胸の頂きをぱくりと咥えられた。ねっとりとした感触に肌が粟立つ。乳嘴を甘噛みされたまま舌先で転がされると快楽に腰が疼いた。

「んあっ……」

　鼻から抜けるような甘ったるい声が唇から零れると、セヴェステルは嬉しそうに口角を上げる。

「ああっ、もう。その声から俺を好きな気持ちが溢れてるね。好きと言われなくても、その声とこの身体で俺への思いがびんびん伝わってくるよ。本当に君は俺を愛しすぎていて、まいったな」

　照れたような仕草でセヴェステルは頬を赤らめた。

「その気持ちに負けないよう、俺も君に最大限の愛を伝えよう。俺のすべては君のものだ」

　手を掴まれて、彼の胸元に導かれる。ちょうど心臓のある辺りで、掌から彼の胸の鼓動が伝わってきた。興奮しているのか、どくどくと鼓動が速く刻まれている。

「愛しているよ」

セヴェステルはちゅっと手の甲にキスを落としてから、摑んでいた手を解放する。両手が空いた彼はユーネの両膝に手を当て左右に割り開いた。

「ひっ！」

いきなりその場所を開かれるとは思っておらず、ユーネは小さな悲鳴を上げた。見られるのはこれが初めてではないが、とても恥ずかしい。

「そういえば、前はここにキスをしなかったね？　今日はたくさんキスをしよう」

「え？　どこにキスをするつもりですか……って、ああああっ！」

唇が秘裂に押し当てられた。それだけで痺れるような感覚に襲われる。

「あっ……そ、そこはっ、んうっ……！」

「んっ……、ちょっと舐めただけでこんなに蜜を垂らすなんて……」

セヴェステルは陰唇を左右に割り開いた。ねっとりと濡れた桃色の粘膜が露になる。

「俺以外を知らない綺麗な色をしている。……ふふっ。たとえ君が誰に抱かれようがこの愛は変わらないけれど、君のここを俺だけしか知らないというのは嬉しいものだ」

セヴェステルに抱かれてからというもの、誰にも触れられることのなかった場所に彼の舌が這わされる。ざらついた舌に敏感な粘膜を刺激されると腰が浮いてしまった。

「んうっ……」

愛撫から逃げるように腰が揺れるけれど、舌が執拗に追いかけてくる。尖らせた舌先が蜜口をなぞった後、つぷりと中に入ってきた。

「あっ！」

内側に留まっていた蜜を舐められていく。

彼との蜜事を思い出し、かっと身体が熱くなった。媚肉を刺激されるとあの硬くて大きいものの記憶が呼び起こされる。

「ん……っ、はぁ。大好きな俺に舐められて、ここはとっても喜んでるね」

蜜を舐めとり、美味しそうにすすり上げてくる。強い吸引により彼の口内に粘膜が誘われると目の前がちかちかした。

「やぁ……っ。セヴェステル様……」

ユーネにとっては異性の前で裸になること自体が恥ずかしいけれど、そんな場所を舐められるなんてまさに羞恥の極みである。いやいやと腰をくねらせても逃げることは叶わず、逆に彼の顔に陰唇を押しつける結果となってしまった。

「とても気持ちよさそうだ。でも、もっと気持ちいい場所には触れてないよ」

「え……？」

セヴェステルは蜜口の少し上にある突起に指先を押し当てる。それだけで雷に打たれたかのように全身が痺れた。

「んあっ！」

「前は俺も理性を失っていて、ほとんどここには触れなかっただろう？　反省したんだ」

細長い指先にぷっくりと膨らんだ蜜芽を押しつぶされる。その場所はまるで神経が凝縮されているかのようで、強すぎる快楽に腰が砕けそうになった。

奥からどんどん蜜が溢れ、臀部へと伝い落ちていく。

「あっ……ああっ」

「触るだけでも気持ちいいだろう？　でも、ここはもっと気持ちよくなれる。皮を剥くよ」

「……皮？」

気持ちよく感じながらも、よくわからないことを言われて疑問符を浮かべる。

「包皮だよ。このかわいい芽は皮に包まれていて、それを下ろすことができるんだ。ほら」

セヴェステルの指先が器用に包皮を剥いていく。真っ赤に腫れた真珠が露になると、彼は目を細めた。

「君のはこんなことになっていたのか。なんてかわいい……！」

「やっ……！　そんなところ見つめないでください」

ユーネ自身もそこがどのようになっているのかまったく予想できない。だが、決してかわいいものではないだろう。

「秘められた場所の皮に包まれたこれを見せるなんて……俺が好きじゃないとできないだろう?」

「……え?」

「俺を愛しすぎているから、こんなにも無防備で、恥ずかしくて、いやらしい部分を見せられるんだ。君はそれがわかっているのか?」

「……」

大真面目な口調で言われてユーネはなにも言えなくなる。

セヴェステルにされているだけなのにと言いたいが、彼の愛撫にとろけてろくに抵抗もできない自分がいることも確かだからだ。

「俺だけが君を独占したいから、ここに教えておく」

セヴェステルは露になった秘玉に口づける。唇を押し当てられると今まで感じたことのないほどの快楽が身体を走り抜けていった。思わず背筋を仰け反らせる。

「ひあっ!」

「いいかい? 君は俺が好きだからこそ、こんなことまで許せるんだ。他の男にされたら気持ち悪くなるような行為だよ」

「んっ、あああっ」

皮を剝かれた状態で強く吸われる。セヴェステルの歯が軽く当たると頭が真っ白になり、びくびくと身体が痙攣した。

「おや、軽く達したのかな？　ふふふ、俺を好きだからこの程度ですぐに達してしまうんだよ」

無防備な秘玉を唇で挟まれたまま舌先でつつかれる。達したばかりで敏感になっているから、何度も軽い絶頂を迎えることになってしまった。ひくひくと、舐められている場所のすぐ側にある蜜口が物欲しそうにわななく。

「君が俺を愛しているからこそ性行為が気持ちよくて素晴らしく感じるってことを、たっぷりと身体にわからせるからね」

溢れた蜜で唇を濡らしながらセヴェステルが微笑む。そして、熱く熟れた蜜口に指先を潜りこませた。

「んうっ……」

「君のいい部分はちゃんと覚えているよ」

彼は迷うことなく秘玉の裏側に指の腹を押し当ててくる。それと同時に蜜芽を舐められた。快楽の源を裏表両側から刺激されてユーネは身もだえる。なにかが身体の奥からじりじりとせり上がってくる予感がして下腹に熱が籠もった。

「や、やめて……。なにかっ、んっ、そこは、おかしくなりそう……！」

このままでは大変なことになってしまうと震える声で懇願する。

しかしセヴェステルは止まらなかった。唇で包皮を下げたまま強く秘玉を吸い上げてくる。ユーネの中でなにかが決壊した。

「んっ……あっ、や……っ、やあぁっ」

快楽の証がユーネの身体から噴きこぼれる。強烈な刺激で翻弄された絶頂の疲労感でろくに言葉を紡ぐこともできず、ぐずぐずと泣くことしかできない。

「泣くほどよかったのかい？　でも、もっとよくしてあげるよ」

セヴェステルはユーネの涙を舐めとると、指にまとわりついた蜜を雄々しく勃ち上がった熱杭に塗りつけていく。てらてらと光ったそれはとても淫靡に見えた。

そのまま流れるような動作で彼が蜜口に怒張をあてがう。そこでユーネは正気を取り戻し、大きな声を上げた。

「ま、待ってください、セヴェステル様。サックはつけないのですか？」

サックという避妊具はとても有能だ。正しく使えば精液の浸入を物理的に防ぐことができる。

この状況で性交を回避できると思うほど楽天的ではないが、せめて避妊はしっかりしてほしい。子供ができたら大事になってしまう。

彼は興奮のあまりサックを付け忘れただけ——そんな希望をセヴェステルの言葉が打ち消した。

「愛した男の身体の一部だからこそ自分の内側に直接受け入れられるということを、きちんと君にわからせなければならない。だから、サックはつけないよ」

「……！」

「君が素のままで繋がることができるほど愛しているのは俺だけだと……君の身体に徹底的に覚えてもらう。君は頭がいい。この俺が全力で君を抱いたら、これ以上のものは世に存在しないと理解してもらえると思う。君は恋と結婚は別物だと言っていたが、こういう行為をする以上、結婚は好きな相手とすべきだ」

「ぜ、全力……」

ユーネはひゅっと息を呑む。

どうやら、イェラ国での別れ際に放った言葉は彼を十分傷つけていたらしい。再会してからというもの、やりとりを忘れたのかと思うくらいその件には触れられなかったが、彼の心にしっかりと不安の種を蒔いてしまっていたようだ。

不安からくる執着心が避妊具をつけないことに繋がるらしいが、それを受け入れるわけにはいかない。なのに、絶頂に達してぐずぐずにとろけた身体では逃げ出すことさえできなかった。

「んっ」

先端が蜜口に押し当てられる。とろとろにほぐれた秘裂は彼を受け入れるかのように左右に開いた。

「ここも今すぐ俺が欲しいと言っているよ。ああ、こんなに涎まで垂らして……。今にも食べられてしまいそうだ」

「ま、待って……っ、あぁぁ……！」

セヴェステルはゆっくりと腰を進めてくる。以前とは違って隔てるものがなく、彼自身がユーネの中を擦りあげていった。

サックとはまた違った感触だ。彼の熱を直接感じて、蜜壷が勝手に雄杭を締めつける。

「――クッ」

セヴェステルが眉根を寄せた。

「お、落ち着いてくれ。そんなに熱烈に歓迎されると……ッ、ン、すぐに出てしまうではないか……！　俺の精が欲しいのはわかるが……、もう少し、あっ、落ち着くように……」

声を上擦らせながらセヴェステルの顔が赤くなる。

（落ち着くのはセヴェステル様のほうだわ……！）

粘膜と粘膜が直接擦れあう感触にユーネは快楽を覚える。頭がくらくらする。

薄い膜越しでは伝わりきらなかった彼の形や筋を如実に感じ、奥から溢れた蜜が彼のものを濡らしていった。媚肉が熱杭に絡みつくように律動する。

「君ッ、ン、俺を好きすぎるだろう……！　こんな……こんなっ、ンあっ！　まだ全部を挿れていないのだから、少し落ち着いてくれ……ッ、ふうっ……」

息を荒らげながら彼が腰を進めてくる。彼が直に入ってきているのだと思うと、きゅんとお腹の奥が疼いて無意識に強く締めつけてしまった。

「お、落ち着いてくれ……！」

どこからどう見ても落ち着きがないのは彼のほうだ。余裕もない。なぜユーネばかりを責めるのか。

「くそ……っ、わかった。そこまでおねだりされたら、お預けするのも可哀想だ。そんなに俺の精が欲しいなら、とりあえず出そう」

「えっ」

「まったく、本当にかわいいな君は！　すぐにでも欲しいなんて俺を好きすぎるぞ！」

「お、落ち着いてくださいセヴェステル様……っ、んあっ！」

半分ほどまで入っていた彼のものが一気に奥まで進んできた。ぴたりと腰が密着する。亀頭が最奥に押し当てられると、熱杭が大きく打ち震えた。彼のものがどくどくと熱をユーネの中にまき散らしていく。

「あ――」

直接注がれるのは初めての経験。

そのなんとも言えない感覚にユーネは絶頂を迎える。媚肉が身体の奥に向かって脈打ち、まるで彼の精を歓迎しているかのようだった。

「……ッ。……出されて達するなんて……ああっ、もう！　こんなに愛されているなんて……幸せすぎて、頭がおかしくなりそうだ」

セヴェステルは感動で打ち震えながら腰を前後させる。精で満たされた隘路を熱杭で擦られると、新たな快楽がこみ上げてきた。

「あっ、ああ……」

ぬるぬるになった内側を硬い楔で刺激されるのが気持ちいい。ユーネはセヴェステルの背中に手を回してしがみつく。

「んっ……ああ、キスしてほしいのかい？　もちろん、ン、俺のお姫様の望むままに……」

キスをせがんだわけではないけれど、唇を重ねられると胸が熱くなる。ユーネの舌も彼の舌も絶頂の名残で微かに震えていた。小刻みに動く舌を擦りあわせながら、セヴェステルは腰を突き入れてくる。精がどんどん奥に押しこまれていく気がした。

「んむっ……！」

結合部から大きな水音が響いてくる。精液と愛液が混じりあい、抽挿されるたびに掻き出されたものがシーツを濡らした。

「ん……ッ、以前、最後には君の中は……っ、どこもかしこも、ン、感じやすくなってしまっただろう？　思い出してくれ……はぁっ」

深く刻まれた彼の形を呼び起こすかのように、執拗に肉杭を媚肉に擦りつけられる。何度も往復されれば快楽を拾い上げるようになった。

「あぁっ」

「はは……っ、ン。君のここは、思い出してくれたみたいだ。こんなに熱く、とろけるように俺に絡みついて、好きだと訴えてくる」

セヴェステルは嬉しそうに腰を揺らす。

「君は奥も好きだったよね？　しっかり覚えているとも」

大きく腰を引くと、セヴェステルは深い部分を思いきり穿ってきた。強い快楽にユーネは背筋を仰け反らせる。

「ひあっ！」

「俺の精でいっぱいになったここをッ、押しつぶしながら、また注いであげよう。……ふふっ。こんな奥まで俺の好きにさせてしまうなんて、君はっ、ン、俺を好きで好きで、大好きでたまらないんだ……！」

宣言通りセヴェステルは深く突き入れたまま先端で最奥を刺激する。大きな亀頭に奥の大切な部分を押されて、大きな快楽の波にさらわれた。

「あああっ……」

セヴェステルの背中に爪を突き立てながら果てると再び熱い精が注がれる。しかし、ほぼ連続で吐精した彼のものは硬いままで小さくなる気配はなかった。

「こんなにも俺は愛されている……！」

セヴェステルは掠れた声で感極まったように呟くとユーネの唇を貪ってくる。

すぐに解放してもらえるはずもなく、伯爵邸から攫われるようにして連れて来られた昼過ぎから真夜中まで、ずっと離宮で抱かれ続けた。


抱き潰された疲れで深い眠りにつき、目覚めたらもうとっくに日が昇って昼になっていた。部屋にはユーネ一人だけで、セヴェステルの姿はない。彼のいない間に伯爵邸に戻らなければと考えるも、激しい交わりのせいで腰が酷く重く、身体は思うように動かない。自分のものではないようだ。それでも身体を動かそうともがいていると、ユーネの起床に気付いた離宮のメイドたちが部屋に入ってきた。

メイドの誰かが本物のアマリアを知っているかもしれないと一瞬不安になったが、疑われているような様子はなく、ほっと胸を撫で下ろす。

早くに他国の貴族との婚約が決まっていたアマリアは、領地が辺境ということもあり、王都で開かれる夜会やお茶会にほとんど顔を出さなかったと聞いている。そのおかげであまり顔を知られていないようだ。

安堵していると、メイドたちに湯殿に連れていかれ身体を洗われた。情交のあとを見られるのは恥ずかしいが、身体がつらいので綺麗に洗ってもらえるのはありがたかった。入浴後はゆったりとしたナイトドレスに着替えさせられる。疲労困憊（ひろうこんぱい）の今は、令嬢らしいドレスを着るのはつらいが、ナイトドレスでは外に出ることができない。着てきたドレスを出してくれるようにお願いするが、メイドたちは聞き入れてくれなかった。

入浴中に用意されていた軽食をとるようにすすめられるが、ユーネは首を横に振る。疲れすぎて食欲がないし、一刻でも早く離宮を出て伯爵邸に帰りたいのだ。

「私は伯爵邸に戻ります」

「それは無理です。私たちはお嬢様をここに留まらせるよう公爵様から命令されておりますので」

「ええっ……？」

それは困ってしまう。

ユーネはこの離宮がどこにあるのか知らない。馬車の中でもセヴェステルに翻弄されていたのでどれくらい距離があるのかわからないが、徒歩で伯爵邸に戻るのは難しいだろう。そもそも貴族の令嬢は徒歩で移動しない。帰るには馬車を出してもらう必要がある。

けれど離宮の使用人たちは馬車の用意などしてくれないだろう。国賓であるセヴェステルの要望を最大限叶えるために、今は働いているのだ。職務に忠実なだけだとわかっているが、はがゆい。ナイトドレス姿でここから逃げ出したいくらいだが、土地勘のない場所では道に迷うだろうし、アマリアの評判に傷をつけることはできない。

（どうしましょう。逃げ出すこともできないわ）

ユーネが狼狽えているとベッドに寝かされ、メイドが腰を揉んでくる。

「公爵様は夕方に戻られます。それまでお身体を揉みましょうか？　腰がお疲れでしょう？」

「あ……」

長時間抱かれたせいで腰は悲鳴を上げている。かつては市場の賃仕事で肉体労働をしていたから身体は丈夫なほうだと思っていたけれど、性行為で使う筋肉は少し違うみたいだ。強く指圧されると気持ちいい。

「……」

入浴で身体が温まったうえに腰を揉まれると気持ちよく、つい目をつぶって指圧を堪能してしまう。瞼が閉じてしまえば睡魔に逆らうことはできず、ユーネは眠りへと誘われた。

再び目を覚ました時には、空は茜色に染まっていた。もうそろそろ日が落ちるのだろう。セヴェステルがいない間に伯爵邸に戻りたかったのに、ユーネは眠り落ちてしまった自分に愕然とする。眠るつもりなんてなかったけれど、たっぷり睡眠もとれて気分がいい。メイドは腰だけでなく手足も揉んでくれたようで、ずいぶん身体が軽くなっていた。身体が疲れ果てていなければ、どうにか逃げ出すことができたかもしれない。

（セヴェステル様があんなにするから……！）

執拗に抱き潰されたら誰だってこうなるだろう。

セヴェステルにしてみれば愛する女性と半年ぶりの再会で、色々と溜まっていたものがあって暴走したのかもしれないが、ユーネはこのまま彼と一緒にいることはできないのだ。

恋人ができたふりは失敗に終わった。セヴェステルが暴走するきっかけは、恋人の存在ができたと明かしたことなのは明白。恋人の話はもうしないほうが賢明だろう。

（セヴェステル様を刺激しないように、なんとか伯爵邸に戻してもらわないと）

セヴェステルの許しがなければこの離宮から出ることができないようだが、うまく説得して外出用のドレスを出してもらい、馬車を用意してもらわなくてはならない。

どう説得すればいいかを考えているところに、ノックの音が響いた。

「俺だ、セヴェステルだ。入るよ」

「……はい！」

返事をするとセヴェステルが入ってくる。

「大丈夫だろうか。無理をさせてしまった。身体がつらかったら横になっていてくれ」

ユーネに無理をさせたという自覚がさすがにあるようだ。

「……ずっと寝ていたので、むしろ今は元気です。それより、セヴェステル様にお願いがあるのですが……」

「なんだい？　生まれてくる子の名前を君が決めたいのかな？　俺は君と一緒に考えたいな。とはいえ、まだ気が早いよ」

セヴェステルは胸元のクラヴァットをゆるめながら、ベッドの側にある椅子に腰を下ろした。

（なんでそんな発想になるのかしら……）

子供の名前まで思考が飛ぶ彼にある意味感心しながらユーネは言う。

「そろそろ伯爵邸に戻りたいのですが」

「なぜだい？」

「結婚前の淑女（しゅくじょ）の外泊は、外聞がよろしくありませんもの」

「俺たちは愛しあっているんだから、そもそも別の場所で寝るのはおかしいだろう。まだこの離宮にいるといい」

「そ、それにお父様とお母様がいないので、屋敷の様子が気になります。家を任されております し、責任は果たさなくては……」

「執事がいれば大丈夫だろう？　彼はとても有能そうだったし、火急の際にはここに来るだろう」

　確かにその通りだ。むしろなにか大きな問題があれば、執事はきっと当主に報せるだろう。なにか彼を納得させる事柄はないだろうか。このままではまた言いくるめられてしまう。

（拒絶するといいようにとられて終わるのがいつものことよね。……なら、逆のことをすればいいんじゃないかしら？）

　ユーネはじっと彼を見つめた。

「私、セヴェステル様が好きすぎて、一緒にいるとどきどきしすぎて胸が苦しくなってしまうのです。だから、一度家に帰って心を落ち着かせたいのです」

　胸元を押さえながら身体をしならせる。わざとらしいどころか、かなりあざとい感じになってしまったが、セヴェステルにはこのくらいしたほうがいいだろう。

「そ、そうか。それは確かに由々しき事態だ」

　セヴェステルの頬が微かに染まる。思った以上にいい感触だ。このまま機嫌がよくなって伯爵邸に帰してくれたらいいのだが。

期待をこめた眼差しで見つめれば、セヴェステルはこほんと大きな咳払いをした。

「この半年間は離れた土地にいる君を思う切なさで色気がにじみ出てきて、俺は前よりもさらにいい男になってしまった。素敵になった俺を見て君が戸惑うのも当然だ」

「……は、はい」

清々しいまでの自己肯定感の高さだ。気圧されながらもユーネは頷く。

この流れで「一度伯爵邸に帰るといい」と言われるのを期待していたのだが——。

「しかし、慣れてもらわないと結婚した後に困るじゃないか。この俺が君の夫になるんだぞ。毎日、素敵な俺と過ごすことに耐えられるのか？　荒療治でも今から慣れてもらう必要がある」

「えっ」

セヴェステルがベッドの上に乗ってくる。年頃の男女がベッドの上でするような行為などひとつしかないのでユーネは慌てた。

「ま、待ってください！　私、とても身体が疲れていて……」

「君に空になるまで搾り取られたのだから、それはわかっている」

「搾り取られたって……！」

ユーネがセヴェステルを襲ったわけではない。彼が勝手に盛り上がって興奮して抱き潰したのに、あの濃厚すぎる交わりをユーネのせいにされて絶句する。

「君を抱こうとしているわけじゃない。俺に慣れてもらいたいだけだ。……ほら、触って。しっかりと俺を見て、俺に慣れて」

セヴェステルはユーネの手をとると己の頬に触れさせた。

やめてほしい、至近距離で見つめられると胸が騒ぐ。

「この芸術的なまでに美しい顔は君のものだ。しっかりと胸に刻んでくれ」

「……っ」

彼が美形なのはわかっていたけれど、確かに半年前より色気が増した気がする。恥ずかしくなって視線を逸らせばセヴェステルが咎めるような口調で言った。

「こら、目を逸らしたら駄目だよ。いつまでたっても慣れないだろう？　だから、おしおきだ」

「えっ」

すっと唇を奪われる。ただ重ね合わせるだけでなく、ちゅっと上唇を吸われた。

「ま、待ってください。抱かないって言ったじゃないですか」

「俺はただキスをしただけだが？　キスも慣れてもらわないと困る。ほら、キスしてる間も目を開けて俺を見てごらん」

「え……っ、んむっ」

再び唇が重ねられる。

ユーネがきちんと目を開けているか確かめるためか、彼も瞼を閉じなかった。至近距離どころか唇を合わせたまま交わる視線に身体が熱くなっていく。

「んうっ……」

口づけに熱が籠もっていく。ちゅっと軽い音を立てながら吸われたと思えば、セヴェステルの舌先に唇を割り開かれて口内を味わわれた。そうしながら、ゆっくりと押し倒されていく。

「んっ、ん……っ、はぁ……」

ぴったりと身体が密着する。互いに服を着ているけれど、ユーネの胸の感触は彼に伝わっているだろうし、セヴェステルの下腹部が硬くなっているのを感じた。空になるまで搾り取られたなどと言っていたくせに元気である。

「こ、腰を押し当てないでください……!」

「君があんなに欲しがったものだぞ？　こちらも慣れてくれ。抱くわけじゃない。こうして抱き合ってキスするだけだ」

「んう……っ、ふぅ……」

彼はユーネをかき抱き、隙間がないほど唇も硬いものも押し当ててくるけれど、胸や尻を触ってきたりはしない。

そのかわり、キスはどんどん深くなっていく。

またセヴェステルのペースに乗せられてしまっている。気をつけているのに、彼と一緒にいるといつの間にかこうなってしまうのはなぜなのか。どうすれば離宮から帰ることができるのか、ちゃんと考えなくてはならないのに舌を強く吸われて唾液をすすられると頭が働かない。お腹の奥が熱くなる。

「んうっ、んむ……ぅ、んんぅ」

激しい口づけに、昨夜さんざん貫かれながら唇を吸われたのを思い出した。

（セヴェステル様の、どんどん大きくなってる……！）

下腹部に押し当てられる彼のものは質量を増していく。誘発されるように身体が疼いて頭がぼうっとしてきた。

「はぁ……ん」

とろんとした目を細めると、彼がなにかに気付いたように顔を離す。

「君……まさか、したくなったのか？」

「え？」

「君は疲れているだろうから、キスだけだと言ったのに……！　そんな顔でおねだりされたら男として応えないわけにはいかないだろう」

やれやれといわんばかりに肩をすくめ、彼は服を脱いでいく。

「セヴェステル様、落ち着いてください！　行為を望んでいるわけではありません」

行為が始まってしまえば昨晩のように一度で終わるはずもなく、きっと今夜も帰れなくなる。

「その顔、どう見ても俺に発情しているじゃないか。見つめあってキスして慣れてもらうだけのつもりだったが、君は俺を好きなんだから、キスだけで物足りなくなるのは道理だな。そこまで考えが至らなくてすまない」

彼の手際はよくもう上半身は裸だ。

「それはセヴェステル様の勘違いです」

「恥ずかしがる必要はない。俺は自分がどれだけ魅力的か知っているし、淑女である君が素直になれない気持ちだってわかる。大丈夫だよ。どれだけ俺を求めてもはしたないなんて思わないし、それだけ愛されてると思うと嬉しいから。いやらしい君も愛している」

「違いますっ、誤解です！」

「ふふっ。では誤解かどうか確認しようか」

セヴェステルは怪しく微笑んだ後、ユーネのナイトドレスの内側に手を滑りこませてくる。スカートがめくられて、長い指先が足の付け根に届いた。下着の隙間から指を差しこまれる。

「ひうっ！」

触れられた瞬間、くちゅりと水音がする。

「……！　こんなになるまで俺は君を放置してしまったのか。気付くのが遅くなってしまい本当にすまなかった。次からはなるべく最初に確かめよう」

「あっ……んっ、あぁ……」

　わざと大きな音を立てるようにかき混ぜられる。

　昨夜さんざんほぐされた媚肉は簡単に柔らかくなり、熱烈なキスで溢れた蜜はどんどん奥からにじみ出てきた。

「昨日あれだけしたのに、こんなに俺が欲しいのか……！　欲張りな君も愛しているよ」

「んうっ！」

　キスをしながら指の動きが激しくなる。だが、彼はユーネのいい部分を避けて中をほぐしてきた。

(気持ちいいのになにか足りない。……って、そんなことを思うなんて、まるで行為を望んでいるみたい)

　ユーネが一人でぐるぐると思い悩んでいると、セヴェステルは指を引き抜いた。指先についた蜜を舌で舐めとり服を脱いでいく。

　全裸になった彼の身体はほどよく引き締まっていて、美術館にある彫像のように整っていた。

「さあ、君も脱ごうか」

内側をかき回された余韻でろくに抵抗もできず、ユーネも全部脱がされた。まさに絶体絶命である。

「駄目です、セヴェステル様……！」

最後の抵抗としてうつ伏せになる。そのままベッドの上を這って逃げようとすれば、後ろから彼にのしかかられた。

「そうか、後ろからしてみたかったのか。俺の美しい顔を見たいだろうから昨日は前からしかしなかったが、こちらの挿入感も味わってみたいんだな。わかった、頑張ろう」

「え」

セヴェステルはユーネの腰を摑むと持ち上げた。

寝そべったままお尻だけ高く掲げる体勢になり、怒張の先端が蜜口にあてがわれた。

「いくよ」

「……っ、んっ、あ……っ、あぁ……！」

指とは比べものにならない質量のものが埋めこまれていく。大きな雁首が秘玉の裏を擦った瞬間、歓喜の飛沫（しぶき）が上がりシーツを濡らした。

「あっ……やっ、あ、駄目……」

止めようと下腹部に力を入れると、セヴェステルが小さく呻く。

「ンっ。こんなに大歓迎されるなんて……ッ。ああ、もう、俺をあげるのが遅くなってすまない。お詫びに君が望むだけ励むから」

「ああっ……！」

　太く硬いものが奥に進んでいくたび快楽の証が放たれる。ようやく根元まで受け入れるとがくがくと腰が震えた。セヴェステルの手でしっかり押さえられていなければ、そのままベッドに沈んでいただろう。

「動くよ」

　宣言してから彼が腰を揺らす。昨日あれだけ抱かれたのに、後ろからされると今まで知らなかった角度で快楽を刻まれていった。たまらずシーツをぎゅっと握りしめる。

「ああっ……かわいい！　顔だけでなく背中も愛らしい。君のすべてが最高だ。……しかも、ここもかわいい」

　セヴェステルは挿入しながら臀部(でんぶ)の双丘を左右に割り開く。すると、後ろの窄(すぼ)まりが彼の目にさらされた。

「こんな場所まで俺に見せてくれるなんて！　どれだけ君に愛されているのかと思うと、感動で涙が出そうだ！」

「やぁ……っ！　そんな場所、見ないで……！」

　あらぬ場所を視姦され、羞恥でいやいやと首を振る。しかし、彼のものは興奮でさらに一回り大きくなった。隘路を拡げられる快楽で首を仰け反らせる。

「ああっ、ありがとう。ここまで俺を愛してくれてありがとう」

　上擦った声で彼は腰を穿ってきた。先端を最奥に押し当てられる。

「ここ……ッ、こんな場所を、ン、押しつぶすのも、俺だから許すんだろう……？」

「ああっ、んっ、はぁ……っ、あ――」

「君の大切な場所で、感じる場所だから、精一杯刺激してあげるよ。君には最高に気持ちよくなってほしいから」

「あああっ！」

　セヴェステルは腰をぐっと突き入れて、丹念に最奥にぐりぐりと押しつける。

「ンっ、奥を刺激すると、入り口が吸いついてくるね。早く出してほしいのかな？」

「……！」

　今回もサックをつけずに挿入されたことに気付いた。

「だめです。そんなにしたら、本当に赤ちゃんができちゃいます……！」

「ん？　君の生理周期は規則正しかったと思うけれど、この半年も変わっていなければ今は子供ができる期間ではないよ。もしかして、博識な君でも排卵日の計算方法を知らないのかな？」

「……え？」

「君のことはなんでも知っておきたいんだ。どうだい？　計算はあってたかな？」

なぜ彼がユーネの生理周期を知っているのか。しかも、ユーネが帰国した後も律儀に計算していたらしい。

ぞっとして肌が粟立つ。

「ああ、鳥肌が立つほど気持ちいいのか！　喜んでもらえてなによりだ」

もちろん、ユーネの反応はすべて彼の都合のいいように受け取られる。

「周期が変わっていなければ今はその時期ではないけれど、もし子供ができたら、結婚式の準備は早くしなくてはね」

「ああっ」

強めに奥を穿たれると呆気なく高みに上り詰めた。媚肉が収縮して彼のものをぎゅっと締めつける。

「ん？　達したのかい？　やっぱり君は奥が大好きだね。でも、愛している俺に刺激されるからここまで感じてしまうということを忘れてはいけないよ。君を最高に気持ちよくできるのは俺だけだ。だから、俺の形を覚えてくれ。ここが俺だけを求めるように」

「んうっ……！」

自分の形をわからせるように、セヴェステルは腰をぐるりと回す。

「ああっ、すごく熱くて、ひくひくしてるね。……ッ、ん。……わかったよ。今、俺の精をあげるから……ッ。君は、なんておねだりが上手なんだ……」

「あっ」

セヴェステルは大きく腰を引き抜くと、一気に最奥まで穿ってくる。大きくて勢いのある抽挿に何度も快楽の波にさらわれた。

「好きだ……っ、ン、愛してる……！」

愛を囁きながらセヴェステルは奥を押しつぶすように精を放った。熱い雄液がユーネの中を満たしていく。

「ン……っ、俺のを、出されている時の君の顔……ッ、最高だ……！」

興奮した面持ちで彼はキスをしてくる。深い部分で繋がったまま腰を揺さぶられると、精が奥まで押しこめられた。

「おや、まだこんなに吸いついてくるなんて……！　期待に応えてもっと気持ちよくしてあげるよ。君を愛しているからね」

「ひあっ」

衰えを知らない剛直が精で満たされた蜜壷を穿ってくる。また達しそうになったところで、セヴェステルはふと腰の動きを止めた。

「おっと、いけない」

「え……？」

あと少しで達しそうだったのに、いきなり快楽をお預けにされてユーネはぽかんと口を開ける。

「達してばかりだと、ろくに話せなくなってしまうだろう？　そうしたら、君は俺を好きだって言えなくなってしまうじゃないか。それは可哀想すぎる。こんなにいい男に抱かれているんだ。君だって俺に愛を囁きたいだろう？」

そう言って口角を上げたセヴェステルはとても美しい。色々と勘違いで暴走さえしなければ、躊躇いなく素直に称賛できるのだが。

「ほら、言ってごらん。俺を好きだって」

「ああっ」

セヴェステルが再び腰を動かし始める。しかし、彼のものは奥よりも手前の場所までしか入ってこず、強い快楽を得ることはできなかった。

「俺は君が好きだよ。本当に、心の底から愛しているんだ」

「あっ……っ、んっ、あぁ……」

ゆるゆると腰を揺らされる。強すぎない刺激に身体が馴染み、冷静さを取り戻しそうになると再び勢いよく穿ってきた。雁首が媚肉を強くひっかいて、最奥にぐりっと押しつけられればまた絶頂への道が開かれていく。

「ひあっ！　んうっ、……ふっ、あ……！」

「ああ、君のここは、ン、俺を好きだってたくさん言ってくれるけど、君のかわいい唇だって言いたいはずだろう？　性行為は二人の関係を高めるためのものでもある。俺だけが満足するんじゃなくて、ッ、君もちゃんと満たされてほしいんだ」

「あぁ――」

先程お預けにされた快楽を刻まれて、ユーネの腰ががくがくと揺れる。抽挿のたびに媚肉が彼の雄にすがりつく。

しかし、またもや頂点を極めようとした一歩手前で彼は腰を止めた。

「やぁ……っ」

もどかしくて涙目になる。

「君が達しそうな頃合い、俺もわかってきたよ。だから安心してくれ。君がちゃんと俺を好きだと言えるように、達する前に止めてあげるから」

セヴェステルは自慢げに微笑んだ。

そして、彼の雄はまたもや奥の手前の部分で動き始める。まるで、自分が善行をしているかのような表情だ。その動きでは極めるほどの快楽を得られないと、ユーネの瞳からとうとう大粒の涙がはらりと零れ落ちた。

「泣くほど嬉しいのかい？　……ああ、俺も嬉しいよ！」

セヴェステルは親切のつもりでユーネを絶頂に導かずにいるのかもしれないが、こんなの、生殺しすぎる。

セヴェステルは何度も絶頂の一歩手前で動きを止める。達したいのにできなくてユーネは頭がおかしくなりそうだった。繋がった部分がどろどろになって熱いのに酷く切ない。

「あっ、あ……っ、ん、ふうっ――」

「ああ、俺の愛しい君。ほら、言ってごらん？」

無理やり抱かれている状態ならともかく、ユーネ自身が彼を好きだと口にしてしまえば、この行為を受け入れていることになってしまう。

――だが、もう限界だ。度重なる快楽責めに、もう解放されたくて本音を吐露してしまわずにいられなかった。

「好き……っ」

「ん？」

「好きです、愛してます……！」

すすり泣きながら呟けば、埋めこまれたものの質量が増した。

「ああっ、かわいい！　俺もだっ、愛しているよ！」

それはもう嬉しそうに、セヴェステルは大きく腰を穿ってきた。ようやく奥に強い刺激を与え続けてもらい、ユーネは高みに導かれる。

「あ――」

手が届かなかった快楽をようやく得られる。さんざんお預けをされたせいか、今までで一番気持ちいい気がした。結合部の上から快楽の飛沫（しぶき）が放たれる。

「そんなに全身で愛を伝えてくれるなんて……俺を大好きすぎるだろう！」

「ひうっ！　あっ！」

セヴェステルは一度怒張を引き抜くと、うつ伏せになっていたユーネを仰向けにして再び繋がってきた。達したばかりの蜜路を彼は強く抽挿してくる。そのたびに愛液が噴き上がりセヴェステルの下腹を濡らしていった。

「ああっ。君のくれるものは、俺が受け止めるから……！　俺もっ、君に負けないくらい、ン、愛してる……！」

「んんっ」

唇を奪われて舌の根まで吸われる。セヴェステルの背中に手を回すと、指先が盛り上がった皮膚に触れた。火傷の部分だろう。その痕にユーネは爪を立てて傷つけてしまう。それでもセヴェステルはとても嬉しそうで、「愛している」と言いながら何度もユーネの身体を貪った。

◆　◆　◆　◆

ユーネが離宮に連れてこられてから、もう五日が経とうとしていた。

セヴェステルに抱き潰されては深く眠り、食事や湯浴みをすませてうつらうつらうつら休息していると、仕事を終えた彼が部屋を訪れてユーネを抱く。そんな毎日が繰り返されていた。

(寝るか、食べるか、身体を洗うか、抱かれるかの繰り返し……)

しかし、ユーネにはどうすることもできない。離宮から脱出するにも協力者が必須で、一人では逃げられそうになかった。

セヴェステルはユーネを気遣い「今日は抱かないよ」と言ってくれるが、彼に軽く触れられるとユーネの身体が反応してしまう。そうすると彼はユーネの身体の反応に全力で応えるのだ。

快楽を刻みこまれた身体は彼に少し触れられただけですぐに快楽の証を滴らせてしまう。熱くなった下腹部を探られれば、いくらユーネが拒絶したところで彼の中では「恥ずかしがっているだけ」と変換されてしまい、なしくずし的に抱かれてしまった。

(どうしよう……今日もまた、セヴェステル様が来たら抱かれてしまうわ)

五日目ともなれば大体の流れが予想できてしまう。それを回避するには逃げるしかないのにそれは難しい。

伯爵邸に戻りたいのだとセヴェステルを説得しようにも、すべてを彼の都合のいいようにとられてしまい未だにここにいる。

セヴェステルがいない時間は疲れきっていて寝てしまい、逃げるために計画を立てたり隙を窺ったりすることもできない。彼と会う時はたっぷりとった睡眠のおかげで元気になってしまい、激しい行為も受け入れられた。

　セヴェステルのことを嫌いならばともかく、彼のことが好きなのだ。駄目だとわかっていても、好きな人に触れられれば反応せずにはいられない。会話がかみ合わないことが多いけれど、セヴェステルと一緒にいられるのはやっぱり嬉しい。決して彼にそんなことを言うわけにはいかないけれど。

　まさに悪循環である。

　ゆっくりと瞳を閉じれば扉が開く音が聞こえた。もうセヴェステルが仕事を終えたのだろうか？

（駄目、眠い……）

　下手に目を開ければまた彼に抱かれてしまう。今日はまだ体力が回復していないのでこのまま寝たふりでやりすごそうとすると、優しく声をかけられた。

「ユーネさん、助けに来ました」

　聞き覚えのある声にユーネは飛び起きる。

　すると部屋には伯爵家のメイドとフットマンがいた。留学先に一緒に来てくれた二人組である。

「ああ……っ！」

　ユーネは思わずぽろぽろと涙を零した。

「時間がありません。着替えている暇もありません。急いでください」

ユーネはナイトドレス姿だったが、メイドが身体を覆うように外套をかけてくれる。すっぽりと外套で包みこんでしまえば、ナイトドレスだとはわからないだろう。

「ついてきてください」

「ええ」

今は泣いている場合ではない。ここを逃げ出すチャンスを逃すわけにはいかないのだ。

行動することが最優先。彼女らがどうやって離宮に忍びこむことができたのかとか聞きたいことはたくさんあるけれど、ユーネは大人しく誘導に従って後をついていく。

ユーネが閉じこめられていた部屋の前にはいつも護衛の騎士が立っていたはずなのに、今は誰もいなかった。長い廊下を抜けても、途中で離宮の使用人に出会うこともなくユーネたちは難なく離宮の外に出られる。車寄せには伯爵家の馬車が停めてあった。

急いで乗りこむと御者が馬車を出発させる。

そこでようやくユーネはほっと息を吐いた。

「ありがとうございます。助かりました」

涙目でお礼を伝えれば、メイドもまた涙目になる。

「いいえ、遅くなってしまい申し訳ございません。本当はもっと早く来たかったのに、上手くいかなかったせいでユーネさんにはつらい思いを……」

「……っ！」

メイドの視線がユーネの首筋に向けられる。そこにはセヴェステルに付けられた赤い痕がたくさんあった。もちろん首どころか手首や足首までのいたるところに口吸いの証が残されている。

どこからどう見ても、ユーネがセヴェステルに手を出されたことは明らかであった。

本当はユーネもセヴェステルを好きなことは本物のアマリア以外は誰も知らないから、メイドにしてみれば、嫁入り前の娘が好きでもない男に無体を強いられたようにしか思えないだろう。

「……これは仕方ありません。どうか気にしないでください。ところで、どうやって離宮に入ってこられたのでしょう？」

「離宮のメイドが手引きしてくれました。毎日疲れ果てている姿が可哀想で伯爵邸に帰してあげてほしいと、なんとか隙を作ってくれたのです」

「まあ、そんなことが……。そのメイドのかたは大丈夫なのかしら？」

「私も心配したのですが、とにかく大丈夫とのことで……。気になりましたが、この機会を逃がせばもう次があるかわかりません。ここはお言葉に甘えることにしました」

「そうですか……」

セヴェステルは蒸気機関車導入のために招いた国賓だ。離宮のメイドたちは彼を手厚くもてなし、言うことを聞くように厳命されているだろう。ユーネが可哀想という気持ちだけで逃がす手助けをしてくれたとは思いがたい。セヴェステルの命令に背いて逃がす利点がある可能性がある。

穿った考えかもしれないが、もしかしたらイェラ国の公爵に見初められるのを期待して、離宮のメイドの中に重鎮の娘が紛れていたのかもしれない。そうなると、伯爵家からの強い要請を建前にして邪魔者の令嬢を逃がす手助けをするのもわかる気がした。確かな後ろ楯があれば強気に出られるだろうし、それを責められたところでレーヴン伯爵家に罪をなすりつければいいのだ。

真相がわからないので、伯爵邸の彼らには自分の考えは口にしない。

ともあれ、なんとか離宮から出られた。

とりあえず窮地は脱したが、依然として問題は残ったままだ。

セヴェステルのことだから、また伯爵家に迎えに来るだろう。これからどうすればいいのだろうか？　ああでもない、こうでもないと考えを巡らせていると、いつの間にか馬車は見慣れた街道を走っていた。ここまで来れば土地勘があるものの、伯爵邸とは違う方向へ進んでいる気がする。

「あら？　どこに向かっているんです？」

「ユーネさんのご自宅です。伯爵邸に戻ると公爵様が迎えに来てしまうでしょうし、偽名でホテルに泊まっても探されてしまいそうなので。ここはご自宅に身を隠すのが一番いいかと」

　なるほどとユーネは舌を巻く。確かに庶民の家なら探しようがないだろう。セヴェステルはユーネをアマリア・レーヴン伯爵令嬢だと思っているのだ。

「ちなみにユーネさんのご家族はホテルに案内しております。……その、今はご家族に会いたくないかと思いまして」

「……！」

　確かに今の姿を両親や弟たちには見られたくない。連れていかれたユーネがどんな目に遭っているのか的確に判断し、家族を離してくれたメイドの心遣いに感謝する。彼女は優秀だからこそ身代わり伯爵令嬢の留学についてきたのだと改めて実感した。

　そうして、ユーネは無事に自宅へと帰ることができた。ここならセヴェステルは追ってこられないだろう。

「公爵様も無体を働いた自覚はあるでしょうし、アマリア様は体調を崩して療養中ということにします。熱があり感染症の疑いもあるので国賓である公爵様にはとても会える状況ではないと、帰国までそれで通します」

「なるほど……！　セヴェステル様をもてなすのが伯爵家の役割ですが、感染症となれば会うわけにはいきませんものね」

「ええ。会えない理由として相応しいです。日持ちのする食べ物を置いておきますね。とにかく、今はゆっくりお休みください」

ユーネがゆっくりと休めるように色々と整えてくれた後、メイドたちは帰っていく。伯爵邸や離宮とは違って実家は小さいけれど、自分一人しかいないとなると急に広く感じた。しかし、今だけは一人でよかった。母親の顔を見たら間違いなく泣いてしまうし、心配させてしまうだろう。

ユーネは階段を上がり自分の部屋に入ると、ベッドに横たわる。疲れと離宮での緊張から解放された安堵から眠くなってしまい、ユーネはそのまま寝ることにした。

——離宮にいる使用人たちはセヴェステルに忠実だ。

蒸気機関車導入を円滑に進めるため、国賓の機嫌を損ねないようトゼ公爵の命令は絶対だと強く言い含められているらしい。

だから、レーヴン伯爵令嬢を逃がさないようにという命令はそれこそ命がけで守る。もし彼女を逃がすようなことがあれば、それはもちろん——。

「ご命令通り、アマリアお嬢様を逃がしました」

セヴェステルは予定通りの報告を聞いて満足げに頷く。

しかし、最愛の彼女が離宮からいなくなったと同時にメイドたちから色目を使われるようになり辟易(へきえき)していた。

彼女の世話をしていたメイドたちは、セヴェステルが性欲旺盛なのを知っている。性欲を向ける相手がいなくなったのを好機とみたのか、夜伽(よとぎ)を申し付けてほしいと言ってくるメイドが驚くほどに多く、セヴェステルはうんざりする。彼女だからこそ性欲旺盛になるだけであって、それが他の女性に向けられるわけではないというのに。

「はぁ……居心地が悪い。俺が触れたいのは彼女だけだというのに」

溜め息をつきながら三枚の報告書を眺めた。

一枚はイェラ国の緑化事業の進行状況について。これはセヴェステルが最優先で力を入れていることである。なかなか順調のようだ。

二枚目の報告書はレーヴン伯爵についてだ。ほぼ強制的にこちらに連れてきている途中らしい。明日には到着予定とのことだ。彼女との明るい未来のためには伯爵がいなければどうにもならないので、これで彼女との関係も無事に進展しそうだと安心する。

そして三枚目の報告書に書かれていたのは、近辺で蠢(うごめ)く害虫について――。

「さてと。緑化事業も順調、レーヴン伯爵も見つかったとなれば、もう大丈夫だな」

セヴェステルは椅子から立ち上がる。

彼女がいなくなり、居心地の悪くなってしまったこの離宮にいたくはない。

自分が地位、容姿、性格ともに完璧で最高の男性だという自覚はあり、もててしまうのは仕方ないが、残念ながらこの心は運命の女性に一途なのだ。好きでもないレディに誘惑されたところで面倒なだけである。

——だから、彼女に会いに行く。

(彼女も帰ってしまって寂しい思いをしているだろうから、俺に会えたら泣いて喜ぶかもしれないいな。ああ、その顔を見るのが楽しみだ！)

セヴェステルは執事を呼ぶと、馬車を出すように命じた。

第五章

レーヴン伯爵家のベッドも、離宮のベッドも大きくてふかふかで、とても寝心地がいい。しかし、自分の家の粗末なベッドの寝心地も大好きだった。小さいし硬いけれど、とても落ち着く。

「ん……」

深い眠りから浅い眠りになり、ユーネは寝返りを打とうとする。しかし身体を反転させようとすると、硬いなにかにぶつかって寝返りを阻まれた。

「……？」

なにか温かい物体が背中に当たる。

（湯たんぽ？　私が寝ている間に様子を見に来た伯爵家の誰かが入れてくれたのかしら？　でも、それにしては大きいような……）

寝ぼけながら背中を小さく揺らして、後ろにあるものの感触を確かめる。

「ふふっ。いくら俺が好きだからって、寝ながらすりすりしてくるなんて、かわいすぎるだろう」

ふと、背後から聞こえてきた声にユーネは一瞬で覚醒した。かっと目が見開かれ、心臓がばくばくと早鐘を打つ。

(えっ?　これは夢……?)

硬直すると、長い腕が伸びてきてユーネを抱きしめた。

「起きたのかな?　おはよう」

耳元で囁かれ、吐息が耳孔に滑りこんでくる。

姿は見えないけれど、その声を聞き間違えるはずはなかった。……ここ数日、ずっと聞いていた声である。

「セ、セヴェステル様……?」

「そうだよ。帰ってしまった君が僕に会いたいだろうと思って来てしまったよ。嬉しいだろう?」

「……っ」

ユーネは混乱した。

ここは実家である。どこからどう見ても庶民の家で、伯爵令嬢が寝泊まりするような場所ではない。

　彼がどうやってユーネの居場所を見つけたのか疑問だが、まずはここで寝ていた言い訳をしなければならない。

　幸いにも離宮から逃げた時に着ていたナイトドレス姿のままだ。

（熱病にかかったから、うつさないようにメイドの家に避難させてもらったことにするとか……？）

　ユーネがあれやこれや思考を巡らせると、セヴェステルが覆い被さってくる。

「……っ」

　深紅の眼差しに射貫かれると思考が止まった。言い訳を考えなければならないのに至近距離にある麗しい美顔に魅了されてしまう。

「はぁ……っ、このベッドは最高だ。君の匂いが染みこんでいる。さすがの俺もこのベッドに入ったら目が冴えてしまったよ」

　セヴェステルの目に劣情が灯った。どうやらユーネの匂いに欲情しているらしい。

「寝ている君に手を出すなんて紳士失格だろう？　だから我慢したよ。でも、君が起きたとなると……はぁ。ああ、香水瓶も持ってくればよかった。この空気を持ち帰らなければ。はぁっ……」

　彼の呼吸がどんどん荒くなっていく。

「お、落ち着いてください、セヴェステル様」

「君の匂いが充満するここで今すぐ君を抱きたくてたまらない」

「こんな場所で!?」

幸いにも家族はいないが、公爵である彼をこんな粗末なベッドで裸にするのははばかられる。せめて伯爵邸に移動させてほしい。いやそういう問題ではない。とにかく彼を落ち着かせなくてはと焦るユーネにセヴェステルはしれっと言う。

「なにを言っているんだ。君の部屋だからいいんだろう、ユーネ?」

「……は?」

聞こえてきた言葉に耳を疑った。

「い、今、なんて……」

「ここは君の部屋だと言ったんだよ、俺のかわいいユーネ」

「……っ!」

心臓が止まるかと思った。ユーネは身体を強張らせる。

(どういうこと? 私がアマリア様じゃないって知っているの?)

それを聞きたいけれど、真実を知るのがとても恐ろしい。困惑と混乱と恐怖で硬直しているとセヴェステルの顔が近づいてきて、唇を重ねられる。

「んっ……!」

「はぁ……っ、ユーネ……！　ん、……はっ、すぅ――っ、君の匂いがたくさん……！

俺を喜ばせようと、君の匂いで満たしておいてくれたのかな？」

　なにか気持ち悪いことを言っている。しかし、そんなことよりもセヴェステルが自分の本名を呼び続けることのほうが気になってしまう。

　疑問符を浮かべていると、あっという間にナイトドレスを脱がされた。セヴェステルも服を脱ぎ捨てる。彼の股間のものは朝から元気にそそり勃っていた。

　大きな掌に胸を包まれる。

「ああっ、柔らかくて俺の手に吸いついてくる！　しかも、俺の手にすっぽりと収まるじゃないか。まるで俺のために存在する胸だ。ここまで相性がいいなんて、やはりユーネは俺の運命の女性だね」

　セヴェステルは目を輝かせながら胸を揉みしだいてくる。すると、すぐに先端が硬くなってしまった。

「ん？　ここにも触れてほしいのかい？　任せてくれ」

「ひあっ！」

　彼は嬉しそうに胸の先端に吸いついてくる。乳嘴がセヴェステルの口内に誘われ、ぬるりとした舌が押し当てられた。

「ひうっ、う……」

離宮でさんざんセヴェステルに触れられた胸は、簡単に快楽を拾い上げてしまう。彼もどのように刺激するとユーネがよくなるのかを把握ずみで、触れられるたびに身体の芯が熱くなっていった。腰が揺れ、ふとしたはずみに彼の下腹部に押し当ててしまう。

自分の部屋に彼がいること、そして本名を知られていたこと。色々なことが気になるけれど、与えられる熱情に溺れて思考がまとまらず、快楽に押し流されるようにして欲望に従ってしまう。

硬くなったものを腹に感じると、セヴェステルが胸から顔を離した。

「ンっ、積極的だね。でも、ちゃんと慣らさないといけないよ」

セヴェステルは胸、お腹とキスをしながら頭を下げていく。力が抜けた両膝は簡単に割り開かれ、秘めたる部分がさらけ出された。あわいにうっすらと蜜が滲んでいる。

「こんなに大きく腫れているなんて……！　うんうん、わかっているよ。今すぐ気持ちよくしてあげるから」

ユーネの秘処に向かって頷いている。彼は一体どこと会話しているのだろうか？

セヴェステルの顔が足の付け根に近づいてきて髪が太腿に触れる。そのちくりとした感触さえ気持ちいい。

「……っ！」

蜜口を舐め上げると、セヴェステルは舌先で花芯をつついてきた。ざらついた舌で円を描くようになぞられ、ぞくぞくとしたものが背筋を走り抜けていく。

「ひあっ、あぁ……！」

「かわいい、美味しい……！」

飴玉を味わうかのように、セヴェステルは無心になって蜜芽を舐め上げる。そうしながらひくつく秘裂に指を差しこんできた。秘玉の裏側を指の腹で押してくる。

「ああっ！　やっ、そこ……っ！」

花芯を吸われつつ、その裏側を擦られる。もともと感じる場所であったが、連日抱かれ続けてさらに敏感になっていた。快楽に追い詰められる最中、腰を反らして逃げようとするけれどなんの抵抗にもならない。

「はぁっ……。君の部屋で……はあっ、はぁ――これは興奮する……！」

彼の怒張は触れてもいないのにひくひくと震え、先端から滲んだ透明な液体が一筋、汗のように肉竿に流れていく。顔は赤らみ呼吸がどんどん荒くなっていった。

「お、落ち着いてください……」

手荒なことはされないとわかっているが、昂りすぎている彼を恐ろしく感じてしまう。

とりあえず冷静になってほしい。

「君が目覚めるまで何時間も我慢したんだ。これでも落ち着いているほうだと思う。しかし、君の匂いが強くなって……匂いまで俺を好きだと訴えてくるなんて！　はあっ、俺の理性を試しているのかい？」

「ええっ……」

ユーネは困惑して眉根を寄せた。

セヴェステルを好きなのは認めるが、好きだという気持ちが匂いに表れるはずがない。

求愛フェロモンを出す動物と人間を一緒にしないでほしい。

「ユーネ……！」

セヴェステルは膝立ちになると、先端を蜜口にあてがってくる。それだけで秘裂は左右に開き大きな先端を受け入れた。

「ンンっ、歓迎してくれてありがとう。……はぁっ、ん――」

セヴェステルはゆっくり腰を進めてくる。硬い雄杭に媚肉を擦られるだけで甘い痺れに包まれた。

興奮しながらも、彼は早急にことを進めようとはしない。優しい腰つきとは裏腹に、獣のような激しい息づかいが妙に響いて聞こえる。

「ああっ……」

時間をかけて楔を根元まで受け入れ、腰が密着する。すると、彼はユーネの膝裏を摑んで折りたたむような体勢にしてきた。

「えっ……」

「こうすれば、もっと奥をよくしてあげられるから……っ！」

セヴェステルが腰を打ちつけてくる。

「ひうっ！」

彼のものが真上から抽挿され、最奥を遠慮なく穿ってきた。いつもより強く刺激されているけれど、痛くはなく快楽だけが弾ける。

「あっ、あぁっ……んっ、ぁあ……！」

しっかりと足を固定されて、腰もろくに動かせない。強すぎる快楽を大人しく受け止めることしかできず、ユーネはぎゅっとシーツを握りしめた。

「ひうっ……っ、ん」

結合部が奏でる水音がどんどん大きくなる。まだ吐精されていないので、そのすべてが自らの身体から出たものだと思うと羞恥に頬が染まった。

今までしたことのない体勢だけれど与えられる快楽は大きい。しかし、セヴェステルとの距離が遠く感じられて切なくなった。

もっと隙間がないくらい肌をぴとりと合わせて、彼の背中に手を回したい。

「セヴェステル様……っ、ん。手が、届きません……」

ユーネが手を差し出すと、セヴェステルは腰の動きを止めた。

「そんなに俺が好きなのか？　今すぐ抱きしめたいくらい好きなのか？」

もうきっと彼にはすべてバレているのだろう。バレていないという期待はできない。セヴェステルはユーネと名をはっきりと呼んでいるのだから。

彼を騙していただけでなく、身代わりで入学したことは大きな問題になる可能性がある。これからどんな罰が待っているかはわからないが、素直に気持ちを伝えることができるのは、これが最後かもしれない。

ユーネは想いをこめて、言葉を告げた。

「……はい、好きです。好きだから抱きしめたいし、ぎゅっとしてほしいです」

「ああっ……！」

セヴェステルはゆっくりとユーネの足を下ろしてくれる。そして、身体の上に重なるように覆い被さってきた。体重をかけないように、しかし互いの胸がぴたりと密接するように抱きしめてくる。

「セヴェステル様……」

ユーネは彼の背中に手を回した。火傷のせいで凹凸のある肌の手触りも大好きだ。

「君はその愛らしさで俺を殺すつもりかな？」

先程とは違う角度で熱杭が内側を擦ってくる。

強く押しつぶされる感覚はなくなったけれど、こつんと奥を穿たれるたびに身体がとろけそうになった。ただ触れあっているだけの胸が心地いい。

「はぁ……っ、んぅ」

ぎゅっと彼にしがみつけば、剛直が質量を増して熱を放つ。奥の奥まで彼の精に満たされた。

「はぁ――」

繋がったまま彼が大きく息を吐く。もちろん、一回で終わるはずがない。萎えることのない彼のものが再び動き始める。

「ああ、ユーネ。ユーネ……俺のユーネ」

ユーネに頬ずりしながら彼は腰を振る。ふと目を閉じれば唇が重ねられ、そのまま貪られた。

◆　◆　◆　◆

――何度目かの吐精の後、ようやくセヴェステルはユーネを解放してくれた。

「いやはや、君にはいつもたっぷりと搾り取られてしまうな」

ユーネが自らの意思で彼のものを搾り取っていると思われるのは遺憾だが、今はそんな細かいことを指摘している場合ではなかった。

セヴェステルがどこまで事情を知っているのかわからない。ちゃんと状況を正しく把握する必要がある。ユーネは自分の情報を与えないように慎重に訊ねた。

「……あの。ユーネと呼んでいましたが……」

「君の本当の名前だからに決まっているだろう？　君がアマリア・レーヴン伯爵令嬢のふりをして大学に入ったことなど一年生が終わる前には調べがついていたよ」

「……！　そんな前から……」

とっくの昔にすべてがバレていたと知りユーネは目を瞠る。

大学生活を思い返せど、セヴェステルの態度がおかしくなったことはなかった。……否、彼はもともとおかしかったけれど、ユーネに対しての言動は変わらなかったのだ。ユーネが伯爵令嬢ではなくただの庶民で公爵邸でお世話になれるような身分でもなく、身代わり入学をするような人間であると知っていたのに。

「遠方の国からの身代わり入学はそう珍しい話でもないしね。国立大学の学位証明書欲しさに悪いことを考える者は多い。君が身代わりだと知っても、よくあることだと思ったよ」

どうやら同じことを考える者は他にもいるらしい。

「どうして黙っていたんですか？　私たちのしたことは不正行為ではありませんか」

「不正がいいか悪いかで言えば、悪いことだ。でも、君にはきちんと実力があっただろう？　名前こそ別人だったが、君は試験で不正など決してしなかった。知的好奇心旺盛で真摯に勉学に励んでいた君は、いずれ世に出て貢献する人になるだろうと思ったんだ。アマリア嬢のことも調べたよ。君と方向性は違えども優秀な女性だとわかった。だから知らないふりを通した」

頑張る女性二人の未来を奪いたくなかったとも、セヴェステルは言う。

「それに、知らないふりをしていたほうがレーヴン伯爵に恩を売れると思ったからね。彼は君と俺の結婚の鍵となる人物だ」

「伯爵様が……？」

ユーネが庶民だとわかっても、まだセヴェステルが結婚しようと考えているらしいことに言葉もない。

（どうして結婚できると思っているの……？）

身代わり入学の件は目をつぶってもらえたようだが、彼との結婚には身分の差という壁がある。イェラ国では貴族と庶民の結婚は稀にあるものの、貴族の中でも特に身分の高い者は庶民と結婚した前例がなかったはずだ。

とても許されるとは思えないし、そもそもユーネはイェラ国でアマリア・レーヴンとして認識されているのである。その問題をどうするつもりだろう？

アマリア・レーヴンの戸籍はひとつしか存在しない。身分を偽ったまま結婚すると、本物のアマリアの結婚に支障が出る。

庶民であるユーネ自身の戸籍では嫁げない。もし公爵と庶民の結婚が許されたとしても、イェラ国立大学を首席で卒業したアマリア・レーヴンの名前と身分が変わっていたら怪しまれる。それこそ身代わりをしていたことがバレてしまうかもしれない。

「今から君のご両親が滞在しているホテルに向かう。おそらくレーヴン伯爵もそろそろ着いている頃だと思うよ。関係者一同がようやく揃うというわけさ」

家族がどこのホテルに泊まっているかユーネは聞かされていない。しかし、セヴェステルはそれすら把握しているらしい。彼の情報網の凄まじさにユーネは驚くことしかできなかった。

「ともあれ、君はなにも心配する必要はない。天才かつ地位もある俺に任せてくれ」

セヴェステルはユーネの額にキスを落とすと、ベッドから降りて服を手にとる。

「初めて君のご両親に挨拶できるね。でも、完璧すぎる俺を目の前にしたらご両親は緊張してしまうかな？　俺は未来の息子として気軽に接してほしいのに、心配だ」

息子だなんてなんとも気が早い話だけれど、セヴェステルはその未来がくることを微塵も疑っていないようだ。

色々考えこむユーネとは対照的に、セヴェステルは鼻歌を口ずさみながら着替えた。

「君のドレスも用意してある。伯爵家ではなく俺が用意したドレスだよ」

彼は部屋の端にかけてあったドレスを手にとった。ユーネが寝ている間に部屋に持ちこんでいたらしい。粗末な部屋に似合わない豪華すぎるドレスだった。

「俺がこの手で君に着せてあげたいと、ドレスの着付けも学んだんだ。そうそう、新しい下着も用意してあるからね。ほら、立って」

手を引かれて立ち上がると、着替えさせられる。

(なにも心配する必要はないって言うけれど、不安しかないわ)

戸惑いつつもセヴェステルから贈られたものを全身に着せられたユーネは、両親と伯爵の待つホテルへと連れていかれた。


馬車が到着したのはこの近辺でも一番高級なホテルだった。

ここにユーネの家族が泊まっているらしい。どうやらレーヴン伯爵家はかなり奮発してくれたようだ。もしかしたら、娘を傷物にしてしまったことへの負い目があるからかもしれない。

最上階にある一番大きな部屋は、宿というよりもまるで家のようだった。ベッドルームだけではなくいくつもの部屋に分かれていて、大人数で使えるテーブルまである。

すでにユーネの両親とレーヴン伯爵が席に着いて待っていた。両親は落ち着かない様子だし伯爵の顔色はとても悪い。もちろん、ユーネも不安でいっぱいだ。セヴェステルだけが血色よく、元気そうである。

「さて、お集まりいただきありがとうございます。イェラ国公爵、セヴェステル・トゼです」

優雅に挨拶をしながら彼は席に着く。

「皆さんがここに集められた理由はもう察しているのではないでしょうか。イェラ国立大学を首席で卒業したアマリア・レーヴン伯爵令嬢の正体を俺が把握していると。俺の妻にするため来国ついでに身辺調査をしたところ……いやはや、驚きました。まさか身代わり入学とは。まったく気付かなかった。してやられましたね」

本当は在学中から身代わりを把握していたのに、さも最近知ったかのような口ぶりでセヴェステルは言った。

「まあ、もう終わったことですし、ここにいる彼女が国立大学の首席に相応しい知性の持ち主だということは知っています。俺は身代わりについて追及するつもりはありません」

その言葉にレーヴン伯爵はほっとした表情を見せる。身代わりの件が公になった場合、一番影響を受けるのは伯爵家だ。

イェラ国の国立大学入学に関する不正行為は、蒸気機関車を導入したいこの国にとっては見過ごせるものではない。

身代わりでユーネが他国へ渡っていることから、海外渡航書の違法流用にも当たる。爵位取り消しの可能性もあった。

そうなればアマリアの結婚どころではなくなるし、伯爵家も庶民へと落ちぶれてしまうだろう。

ユーネも処罰を受けるだろうし、もしかするとユーネの家族まで巻きこんでしまう可能性すらある。

「ただし、伯爵に貸しをひとつということで。こちら、後で返していただきます」

「は、はい……」

安堵したのも束の間、震える声で伯爵が答える。黙認の見返りとしてなにを求められるのか不安なのだろう。セヴェステルがなにを要求するつもりか想像もできず、ユーネも気になってしまう。

「次に、ユーネのご両親に話があります」

「はい」

両親はぴしっと背筋を伸ばす。ユーネが今までに見たことのないくらい緊張していた。

ユーネも固唾（かたず）を呑む。

張り詰めた空気の中、セヴェステルが陽気な声色で告げた。

「俺とユーネは深く愛しあっています。俺のように地位があり頭脳明晰で顔も美しく、さらに性格がいい男が娘の恋人となれば畏れ多く感じることでしょう。しかし、俺の心の中でお二人はもう義父上と義母上なのです。どうか息子と思って気を楽にして接してほしい。

俺のことはどうかセヴェステルとお呼びください」

「えっ……」

　両親が硬直する。アマリアのふりをしたユーネが公爵に気に入られていることは知っていたが、いきなり話が飛んだので驚きもするだろう。頭の整理がついていかないのか、言葉を発せずにいる。

「義父上、義母上。そういうわけで、俺はユーネを国に連れ帰り結婚するつもりです。俺たちのことを祝福していただけますか？」

　勝手に義父上、義母上と呼んでいるわけだし、セヴェステルの中ではもう結婚は確定事項なのだろう。わざわざ許可をとる必要はなく、祝福してくれるかどうかを訊ねている。

　両親は困ったように顔を見合わせた後、父親が口を開く。

「しかし、公爵様」

「そんな他人行儀な。セヴェステルとお呼びください、義父上」

「……セヴェステル様。結婚といいましても、イェラ国の公爵と我が家とでは釣り合いがとれません。しかもセヴェステル様は王族とかなり近しい血筋だとか。我々が祝福したところでイェラ国の皆様に祝福してもらえなければ娘は幸せになれません。それどころか、その結婚は認められるのでしょうか？」

　王の甥である公爵の結婚ともなれば、当然国王の承認が必要になる。

この国とイェラ国とでは文化が違うが、おそらく庶民との結婚は認められないはずだと父親は思っている。

当然、ユーネだって同じ考えだ。

だが、セヴェステルはにこやかに答える。

「もちろん、国籍はどうあれ公爵である俺と結婚するには貴族という身分が必要です。ですのでレーヴン伯爵、ユーネを伯爵家の養子にしてください。これが身代わり黙認に対する要求です」

「……！　なるほど。我が伯爵家の養子にすれば、戸籍上は伯爵家の子女ということになりますな」

つきつけられた要求が莫大な金銭や時間を伴うものではなかったので安堵したのだろう。伯爵は明るい表情を見せた。このくらいですむのなら助かると伯爵は前向きのようだ。

「貴族の養子縁組はよくある話です。手続き自体は問題ないでしょう。しかし、養子手続きは大変時間がかかります。公爵様の帰国には到底間に合わないかと」

いくら手続きを急いだところで、貴族の戸籍に関わる内容は承認されるまでには時間がかかる。

これればかりはセヴェステルにもどうにもできないと思っていたが――。

「ご心配には及びません。どこの国も我が国の蒸気機関車を導入したくてたまらない中、どうして俺がこの国を優先的に選んだと思います？　もっと金を積む国もありましたが、俺はどうしても個人的な取引をする必要があったんですよ。そういうわけで、もう関係各所に話はつけてあります。書類さえ出せば、すぐにユーネはレーヴン伯爵令嬢になりますよ」

セヴェステルの言葉にユーネは目を瞠った。伯爵家の養子縁組について国の上層部と調整済みらしい。

「なるほど。しかし養子縁組には、実のご両親の承認が必要になりますが……」

伯爵がちらりと両親を見ると、父親が答えた。

「もし娘が公爵……いえ、セヴェステル様との結婚を望むのでしたら承認しましょう。戸籍上どうであれ、我々は血の繋がった家族ですから。今後も私がユーネの父であることは変わりません」

「父さん……」

「しかし、それはユーネが本当に結婚を望んでいる場合です。……ユーネ。本当の気持ちはどうなんだ？　私はお前の口から気持ちを聞いていない。セヴェステル様を愛しているのか？　国益のことは考えずに正直に話してみなさい」

父親はまっすぐにユーネを見つめてくる。

セヴェステルが一方的に話を進めているように見えるのかもしれない。まあ、この用意周到な強引さでは父がそう思っても当然だろう。

だからユーネはきちんと肯定する。

「私も本当はセヴェステル様のことを好きだったの。身代わりのこともあるから、絶対にこの想いは秘密にしなければと思っていたけれど、セヴェステル様と一緒に生きる選択肢があるなら私は選びたいわ」

父親の前で宣言するのは気恥ずかしさもあったけれど、まっすぐに伝えた。しかし、父親は半信半疑のようだ。

「本当か？　言わされていないか？　脅されていたりしないか？」

心配そうに確認してくると、隣にいた母親が父親を諫める。

「あなた。留学から帰ってきて、ユーネはとても大人っぽくなったと感じたわ。時々寂しそうな顔を見せるから、きっと好きな人がイェラ国にいたのだと思っていたの。その相手がきっと公爵様だったのよ。そうでしょう、ユーネ？」

「うん」

母親は娘の変化に気付いていたようだ。ユーネが感動していると、セヴェステルが「義母上、俺のことはセヴェステルとお呼びください」と伝えている。とことん空気を読まずに我を通すところがとても彼らしくて苦笑してしまった。

「そういうわけで、養子縁組については問題ありませんね？　では、すぐに書類を作りましょう」

　セヴェステルが手を上げると、執事が紙の束を持ってくる。それは、この国の養子縁組用の書類だった。用意がいいにもほどがある。

「ユーネ。君の名前だが、この国では養子にする際に名前を変えたりミドルネームをつけられたりするようだね。ユーネ・アマリア・レーヴンというのはどうだろう？　未婚の間はミドルネームを名乗るのがレーヴン伯爵家のしきたりということにすればいい。結婚して初めてファーストネームを名乗れるとでも言えば、留学中の君を知る者にも言い訳できるだろう」

　ユーネはアマリア・レーヴンとして大学に通い、首席だったことで学内ではそれなりに有名だった。だからといってアマリアと同姓同名になるのは混乱しそうだし、なにより自分の本当の名前を捨てるのも嫌である。

　セヴェステルの提案通りにすればユーネと名乗れるし、在学中にアマリアと名乗っていたことについても上手く説明できそうだ。

　反対する声もなく、ユーネの新しい名前が決まる。

「もちろん、アマリア・レーヴンの学位証明書は伯爵がそのままお持ちください。証明書がなくても彼女が首席で卒業したというのは大学関係者なら知っています。それに、俺の妻にわざわざ証明書を見せろと言ってくる者なんていませんしね。しつこければ、なくしたと言えばいい」

きちんと学位証明書についてもセヴェステルが宣言してくれる。これでアマリアも無事に結婚できそうだとほっと胸を撫で下ろした。

だが、父親はまだ不安そうである。

「これでユーネは伯爵令嬢として嫁げますが、もしこのことを調べられでもしたら……」

過去に身代わり入学という不正をしていた上に貴族ですらない。公爵がそんな女性を妻に迎えたことが判明したら国を騒がす事態になってしまうだろう。

「こんな遠く離れた国での血縁関係を調べられる力を持っている者なんて限られていますよ。それに、このことを口外する者はここにいますか？　これが公になれば困るのは皆さんだと思いますが」

セヴェステルが笑う。

その怜悧な笑みにユーネの背筋を戦慄が走り抜けた。

にこやかにしているが、その笑顔の裏に圧を感じる。

「も、もちろん口外はしません」

「このことは墓まで持っていきます」

伯爵も父親も慌てた様子で口にする。それを見て、セヴェステルは満足そうに頷いた。

「義父上、どうか安心してください。遠く離れて心配でしょうがユーネは俺が守ります。

なにか怪しい動きをする者がいたら、すぐに対応しますから。完璧な俺に任せてくださ
い」
またしても威圧感のある笑みを浮かべる。父親は「あ、ああ」と頷くしかなかった。
そして、養子関係の書類をすべて書き終えると、セヴェステルの執事がそれを持って出
ていく。
すべてが解決したことにユーネはほっとする。あとは、セヴェステルと共にこの国を出
るまでの間、自分がどこで過ごすべきか迷う。
身代わりだと判明した以上、レーヴン伯爵家に戻る理由はない。ならば、自宅と離宮の
二択だ。もちろん、どちらに行きたいかは決まっている。
「セヴェステル様、あの……私、家に帰りたいのですが」
「そうだね。俺と一緒にこの国を出るんだから、今のうちに少しでも家族と一緒にいたほ
うがいい」
「……そうですよね！」
ユーネはぱっと表情を輝かせた。
セヴェステルと一生会えない覚悟はしていたが、家族と別れる覚悟はしていなかった。
彼と結婚できるのは嬉しいけれど、もうすぐ家族と離れなければならないと思うと寂し
く感じてしまう。

なにせ留学の時のような期限はないのだ。

嫁いだら、そうそう帰ってこられないだろう。だから、出発までの短い時間をこうして家族と一緒に過ごさせてもらえるのは嬉しい。

それに彼と一緒だと抱き潰されてしまい、疲れ果ててなにもできなくなってしまう。

心底嬉しそうな笑みを浮かべたユーネに、セヴェステルは言った。

「蒸気機関車導入の話はまだ動きだしたばかりだ。何年もかけて進めていくから、俺はこの国にまた来ることになるだろう。もちろん、その時は君も一緒だ。家族と離れてしまうのは寂しいと思うけれど、そう遠くないうちにまた会えるから」

両親と一緒にいられることに対してあまりにもユーネが嬉しそうにしたから、それほど家族と離れるのがつらいのかと彼は思ったのだろう。慰めの言葉をかけてくる。

「連れてきていただけるんですか？　ありがとうございます！」

セヴェステルの仕事にユーネを同伴する理由はない。それでもユーネの気持ちを慮ってそう考えてくれることが嬉しい。

結婚したらたとえ同じ国内でも自分の家に顔を出す機会は少なくなる。しかし国を離れてもまた家族と会えると思うと胸が弾んだ。

普段は斜め上すぎる思考回路だが、彼は根本的に優しいのだ。だから憎めないし、好きになったのである。

「君の家族全員が乗れる大きな馬車を呼んである。それで家に帰るといい」

ホテルのエントランスへとエスコートしてくれる彼の優しさに素直に甘えた。ユーネの家族への気遣いも忘れないところが紳士だと思う。

「俺は少し片付けなければいけない仕事があるから、次に会えるのは明後日になるかな。デートをしよう」

「はい！　ありがとうございま……」

言い終わらないうちに、大きく鈍い音が響いてきた。最初にひとつ、続けてもう二つ。銃声のようにも聞こえるが少し違う。

「え？　なにこの音……？」

それは今までに聞いたことがない種類の音で、ユーネや母親、そして伯爵は不思議そうに小首を傾げた。騎士である父親はなにかに気付いたような表情をしたが、横目でセヴェステルを確認するだけでなにも言わない。

すると、セヴェステルが口を開いた。

「このホテルは今、屋上で補修作業をしているようですね。その道具が地面に落ちたのでしょう。高いところからものが落ちるとかなりの音がしますからね」

「ああ、そうなのですね。確かに、そう言われてみれば……」

高い場所からなにかが落ちた音と言われれば、そのような気がしてくる。確かに外から聞こえたのだ。

「俺は耳がいいのですが、表通りではなく裏路地のほうに落ちたみたいですね。あまり気にすることはありません。さあ、行きましょうか。ああ、ユーネのエスコートは俺がするよ」

セヴェステルが右腕を出してくる。もうなにも気にすることなく彼に触れられるのだと思うと感慨深く、ユーネは彼の腕に自分の手を回した。

セヴェステルが手を回していたおかげで、ユーネはあっという間にユーネ・アマリア・レーヴンになった。

とはいっても戸籍上だけのことで、セヴェステルの帰国までは普通に自分の家で暮らしている。この名前だってそう遠くないうちにユーネ・アマリア・トゼになるだろう。

本物のアマリアは伯爵家に帰ってきて祝福してくれた。彼女もユーネのことが気がかりだったようで自分のことのように喜んでくれる。

イェラへの帰国は一週間後に決まった。王族の裁決が必要となるような重要事項は目処がつき、後は専任担当者がこの国に残るらしい。

一週間という短い間、ユーネは後悔が残らないように家族と過ごす。

　ユーネはじっくりと時間をかけて新聞を読むのが日課だ。ある朝、いつものように新聞を手にした瞬間、父親に取り上げられてしまう。

「な、なんで？」

「読んでいる間は私たちの声も聞こえないくらい集中するだろう？　そのぶん、弟たちとたくさん話してあげなさい」

「うっ……。わかったわ」

　確かに新聞を呼んでいる間は弟たちがユーネにまとわりついてきても、そのまま読み続けてしまうのだ。国を出るまでの間は家族優先にするべきだろう。父親の言うことに納得しつつも、文字を読むことが好きなユーネはつい目で文字を追ってしまい、一面に大きく書かれている見出しを思わず口にしてしまった。

「外国人の自殺者多発……？」

「お前が気にすることではない」

　新聞から目を離せないユーネの前から、父親は後ろに隠してしまった。

「ええっ？　すごく気になるのだけど……」

　自殺者多発だけでも気になるのに、外国人とは何事だろう。どうしてもその記事だけは読みたくなってしまうが、父親は新聞を渡してくれない。代わりに、短くまとめて教えてくれる。

「我が国が蒸気機関車を導入することになっただろう？　それを阻止して自分のところに誘致したい国があったらしい。しかしセヴェステル様はどうしても我が国と契約をする必要があるから他の国の誘いを断り……自国に帰れなくなった者たちが命を絶ったようだ」

「……！　それは……確かに私には言いづらいわよね。ごめんなさい」

すぐに事情を理解したユーネは気遣ってくれた父親に謝る。

セヴェステルがこの国に蒸気機関車の導入を決めたのは私情だ。

ユーネのためである。失った命を思うと心が痛む。

「……」

黙りこくってしまったユーネの頭に父親の大きな掌がぽんと乗せられる。セヴェステルとは違うごつごつとした手だ。

「決断を下したのはセヴェステル様であり、お前が気に病む必要はない。それに殺す……んんっ、違う。んっ、その、自分を殺すのはやりすぎだ。いくら失敗したからといって、そこまでして責任をとるものではない」

「父さん……」

どう娘を慰めたらいいか戸惑っているのだろう。しどろもどろになりながら父親が気にするなと伝えてくる。

（新聞を読んだら私が気に病むと思って隠してくれたんだわ。関係者として知るべきだと

も思うけれど、それよりも父さんの気持ちのほうを大事にしたい）

　あと数日で旅立ってしまう娘のために父親が気を回してくれたのだ。ならば、甘えるほうが親孝行というものである。

「ありがとう、父さん。そして、新聞はもう読まないわ」

「そうか」

　父親があからさまにほっとした表情を浮かべる。よほど読まれたくない内容が書かれていたのだろう。凄惨な自殺だったのかもしれない。

「それよりユーネ。今日の予定はどうなんだ？」

「今日はね――」

　新聞のことを頭から切り離し、ユーネは笑顔を浮かべる。

　家族と過ごし、セヴェステルとデートし、時折伯爵家に顔を出す。

　セヴェステルは意外にもきちんと夜には家に帰らせてくれた。デートで遠慮なく抱き潰されて朝帰りになってしまうのではないかと冷や冷やしたが、彼は紳士的な態度を崩さず、そのおかげで家族とひとつでも多くの思い出を作ることができた。

　出国までの一週間はあまりにも忙しかった。

　だから、本来のユーネなら気にしていたことを考える余裕など持てなかったのだ。

　――ユーネがアマリアの身代わりだと知っていると告げずに、彼がずっと騙されたふりをしていた理由を――

もっと早くに教えてくれたなら、ユーネたちはわざわざ舞台役者を用意してまで偽の恋人の演技をする必要もなかったのだ。

そして家族と一緒にいる時間を優先し、新聞に目を通さなかったユーネは知らない。

セヴェステルがユーネの本名を呼んだ日に、あの高級ホテルの屋上から三人もの外国人がわざわざ人通りの滅多にない裏路地に向かい飛び降りていたことを。

潮の香りのする風が頬を撫でる。

波打つ海面は日の光がきらきらと反射して見ていて飽きない。

――ユーネ・アマリア・レーヴンはイェラ国へと向かう船の上にいた。

大きな旅客船は買った乗船券によって立ち入れる区域が決まっている。さすがはイェラ国の公爵とあって、ユーネたちは一握りの者たちしか許されないような特別な場所にいた。

留学の時も貴族用の一等区画に部屋を用意してもらったが、今回はそれ以上の待遇である。なんと、他の区画と壁で区切られた専用のデッキまであるのだ。船旅中のデッキは人気があって常に人がいるけれど、ユーネたちがいる場所はほとんど貸し切り状態だった。

ゆっくりとくつろげる。

　家族と過ごす一週間は本当にあっという間だった。

　出発の時に泣いてしまったけれど、悲しいだけの別れではない。

　両親は娘を急に他国に嫁がせることになったが、イェラ国はユーネにとって素晴らしい環境だろうと喜んでくれた。

　ユーネは子供たちの中で一番勉強をしたがっていたのに、女性というだけで学校に通わせられず、かといって他国に留学させるほどの余裕もなかった。両親はそのことがずっと気がかりだったらしく、結婚はもちろんのこと、学問に秀でるイェラ国に行けることを歓迎してくれた。

　一生会えなくなるわけではない。

　蒸気機関車導入の関係で、またこの国に来られるだろう。

　ユーネは前向きな気持ちでこの船に乗りこんだ。


　セヴェステルとユーネが使う個室は船の中とはとても思えないような、まるでホテルと見まがう一室だった。

　ソファもテーブルも鏡台もクローゼットもあるし、シャワーまで室内に備え付けられている。大きなベッドには枕が二つどころか四つも置かれていた。豪華という単語が凝縮されたような部屋である。

夕食を終え、シャワーを浴びて——大きなベッドを見ながらユーネはごくりと喉を鳴らした。

(おそらく、これから……)

まっさらなガウンに身を包みベッドの縁に腰掛けていると、シャワー室からセヴェステルが出てきた。

「船内でシャワーを浴びれるのは嬉しいけれど、バスタブがないのは残念だね。バスタブがあったら君の残り湯に浸かれたのに」

「ひっ……」

なんて気持ち悪いことを考えるのかとユーネは小さく息を呑む。

しかし、これでこそセヴェステルだ。とんでもない男だが、それを上回る魅力があるからこそ好きになってしまったのである。今後は彼の変態的な思考回路と長く付き合っていくことになるだろう。

「ユーネ」

彼はユーネの隣に腰を下ろすと肩を抱き寄せてきた。

「ああ、耳も小さくてかわいいね」

ちゅっと耳朶に唇を落とされる。それだけでもう、これから濃厚な夜が始まるのだと教えられた気がした。

「んっ、ん……」

　彼は耳の輪郭をなぞるように舌を這わせ、時折軽く歯を立てる。耳孔に滑りこんでくる吐息がどんどん荒くなってくると、ユーネの胸の鼓動も速まった。じわりと身体が熱くなってくる。

「ねえ、ユーネ。サックを準備してあるけれど、今日はどうしたい？」

「……！」

　もう結婚するのだからサックは必須ではないだろう。婚約前に身籠もったとなれば外聞の悪さもあるが、イエラ国ではそう珍しいことでもない。

　とはいえ、彼はとにかく回数が多い。しかも量もある。

　ここが陸とは勝手の違う船上だということを考えると、サックを使ったほうが事後処理が楽だと思った。

「つけてください」

　ユーネがそう答えると、彼ははにかんだように笑う。

「俺もそう思っていたところだ。初めてした時のことを思い出すよね？　君と直接繋がるのも好きだけれど、初々しい気持ちで君と繋がりたいと思っていた。ああ、なんて気が合うんだ。やはり俺たちが結ばれるのは運命としか考えられない！」

「……」

そんな心情的な理由でサックを装着してほしいと思ったわけではない。合理的に考えただけだ。それでも——。

(こういうところも愛おしいと思えてしまうなんて、私も大概だわ)

以前の自分だったらとことん呆れていたはずなのに、かなり彼色に染まってしまったようだとユーネは苦笑する。

「サックをつけると思うと昂ってきた」

「そ、そうなのですか。……っ、ん！」

セヴェステルがユーネを押し倒して口づけてくる。

彼は赤い目を爛々と輝かせていた。重なった唇から隠しきれない興奮が伝わってくる。

(セヴェステル様、なんだかとても嬉しそう)

舌先で唇を割られて生温かい舌が滑りこんできた。歯列をなぞられながら腰紐を解かれる。ガウンの下はなにも身につけていなかったので白い裸体がさらされた。それに気付いたセヴェステルが唇を離す。

「下着をつけていなかったのかい？」

確かにシャワーを浴びた後、下着をつけるかどうかとても迷った。

こういう展開になることはわかっていたから、ユーネはつけないことにしたのである。

「すぐに濡らしてしまうと思ったので……」

「――ッ！　そ、そうか。そこまで早急に濡れると期待されているのか。これは責任重大だな。わかった、全力を尽くそう」

「え？」

ガウン越しに彼の下腹部のものがぴくりと反応したのがわかった。セヴェステルはユーネにキスをしながら、足の付け根に手を伸ばしてくる。

「……んっ」

長い指先がユーネの恥丘をなぞり、その奥にある蜜芽を捕らえる。指先で押しつぶされると、そこは簡単に硬くなった。どんどん感覚が鋭くなっていくのが自分でもわかる。

「んっ、あ……」

舌を強めに吸われながら花芯を摘まれる。そうすると、じわりと秘裂から蜜が滲んだ。お腹の奥がうずうずして腰が微かに揺れてしまう。

「はあっ、ユーネ――」

蜜芽に触れていた指先はその奥へと進み、蜜口をなぞった。くちゅりと淫猥な水音が耳に届く。

微かに濡れた花弁をめくられると内側の粘膜をなぞられた。彼の雄によって数えきれないほど擦られたそこは感覚が鋭くなっていて、指で触れられただけでも甘く痺れてしまう。

「あっ、ふ……っ、ん」

唇を吸われながら蜜口に触れられると、身体が悦んでいるかのように反応する。肌はうっすらと赤らみ、目は潤み、秘裂はどんどん蜜を流して彼の指先を濡らした。雄を求めるように、ひくりとわななく。

「んっ……、こんなものじゃ足りないよね。せっかく下着をつけないほど期待されたのだから、もっと濡れないと」

ユーネの唇をぺろりと舐め上げた後、セヴェステルは首筋、鎖骨、胸とキスをしながらどんどん頭を下げていく。やがて足の付け根に到着すると、尖らせた舌先が蜜芽をつついてきた。

「ひあっ！」

思わず腰が跳ねる。

「皮も剝いてしまおうね」

「……待ってください。それは駄目です！」

ユーネは咄嗟に足を閉じようとして、彼の頭を太腿でぎゅっと挟んでしまう。

「どうしてだい？」

「気持ちよくなりすぎてしまうのです」

そこはただでさえ敏感な場所だ。包皮を剝かれてしまうと、とてつもない快楽が襲いかかってくる。だから余計なことはしないで普通に触ってほしかった。

「……？　気持ちよくなるのは、いいことだろう？　君も好きだろう？」

セヴェステルは理解できないというように小首を傾げた。

「気持ちいいのは好きです。でも、限度があります」

「そうか……」

そう言いつつも彼の指先が陰核を捕らえた。身体がびくりと硬直する。

「ま、待ってください。わかってくれたんじゃなかったのですか？」

「君を気持ちよくできるのに、どうしてそれをお預けにしなければならないんだ？　この俺がユーネに与えるものはすべてが最高でありたい」

どうやら、中途半端な快楽は彼の強すぎる自尊心が許さないようだ。

「それに、ここだって剝いてほしそうに膨らんでいる」

彼の指先が器用に包皮を剝いていった。赤く熟れた真珠がさらされてしまう。空気に触れるだけでもぴりっとした。

「ああ、いつ見ても美味しそうだ」

「美味しそうって、まさか……っ、恥ずかしいから駄目っ、やめてくだ……ああっ！」

顔を寄せられ、無防備な秘芽が薄い唇に挟まれる。ざらついた舌先で触れられてしまえばもう耐えられなかった。一気に快楽の波へとさらわれてしまう。

「あ……っ、――」

音にならない声が喉から漏れる。腰がくねり、身をよじらせながら全身を震わせた。

「ほら、少し舐めただけでこれだ。ここを剝かれると、すごく気持ちいいんだろう?」

小刻みに揺れるユーネの裸体をセヴェステルが満足げに眺める。

「でも、これではまだまだだ。君のために、もっと頑張るから」

彼はそう言うと秘玉に唇をあてがう。唇で食んだり、時折軽く歯を押し当てたり、舌先でつついたり――そうしながら、彼は蜜口に指を差しこんできた。とろけるように柔らかくなった秘裂は彼の指を奥まで受け入れる。

「ひうっ、駄目っ、あ……!」

中をかき回されながら花芯に様々な刺激を与えられ、何度も甘い快楽にさらわれる。

(どんなに恥ずかしいことなのか言葉で言っても伝わらないのなら、身を以てわからせるしかないわ)

何度も絶頂に誘われたが、これはまだまだ序盤である。彼と濃厚すぎる交わりを続けるうちに情事の体力がついてきたユーネは上体を起こした。

「ん?　どうしたんだい?　船に酔って調子が悪くなったかな?」

ユーネがいつもと違う行動を見せたものだから、セヴェステルが心配そうに声をかけてくる。普段はおかしいことを言うけれど、肝心な部分はこうして気遣いを見せるのだからずるい男だ。

「違います。私がいつもされていることをセヴェステル様にお返ししようかと」

「お返しって……、ちょ、ちょっと待て！」

セヴェステルはサックを装着しようと胡座をかいているところだった。ユーネはその下腹部に顔を近づける。

「君がそんなことをする必要は……ッ、ン、あぁ……！」

腹につきそうなほど反り返った太い怒張をユーネはぱくりと咥えた。肉竿を唇で優しく挟み、舌先で先端の丸みをなぞる。

「ク……ッ、ン――」

彼の形のいい唇から掠れた声が漏れる。

セヴェステルのものはとても大きくて全部を口に含められなかったけれど、一番感じるのは先端の部分だろう。輪郭に沿って舌先で丁寧に舐め上げながら顔を上下に揺らす。

「アっ、ん……！　ユーネっ、それは、ン、駄目だ……！」

彼のものが口内で一回り大きくなった。

（セヴェステル様だって駄目っておっしゃるじゃない）

ユーネが駄目と言ってもやめてくれなかったのは彼だし、行為を止めるつもりはない。

吐精を促すように喉を使って強く吸い上げた。口に入らなかった根元の部分に手を添えて上下にしごく。

「ユ、ユーネ……っ、はぁ、ン、はぁ……っ」

びくびくと彼の熱杭が口内で震える。

（もしかして、もうすぐ果てそう……？）

少し前に身体ひとつで王の側室にまで上り詰めた娼婦の自伝的小説をたまたま読んだ。それには夜の内容も赤裸々に書かれていたので、経験の少ないユーネでも口淫の知識をなんとなく得ていた。

ただ、ユーネにとってこれが初めての口淫である。技量がないとなかなか吐精まで導けないと本には書かれていたので長丁場になると思っていたが、絶頂の予感を覚えて動きを激しくすれば、泣きそうな声が聞こえてきた。

「……ッ、もう、出てしまうから……っ！」

それと同時に熱杭が大きく跳ねる。

ユーネが咄嗟に口を離すと、熱い精が顔に向かって放たれた。粘性のある液体が頬を濡らす。独特の匂いが鼻に届いた。

「す、すまない……！」

顔を汚したユーネを見て、セヴェステルは慌てた様子でタオルをたぐり寄せる。

「これがセヴェステル様が私にしていることです。どんなことをしているか、わかっていただけましたか？」

　自分の秘処を舐められる行為がどれほど恥ずかしいのか、そして駄目と言ってもやめないとどうなるのかを彼に理解してほしかった。

　身を以て経験すれば彼にも伝わるはずである。

　しかし――。

「こ、こんな淫靡で背徳的かつ扇情的で最高に興奮する行為だったのか」

　ユーネの顔を拭きながら彼は声を震わせた。

「え……？」

「こんな行為、よほど心を許した相手にしかできないだろう。つまりユーネは、こんな行為を許せるほど俺が愛しくてたまらないと伝えたかったんだな。……ああ、君の愛の告白には心が震えるよ」

「ま、待ってくださいセヴェステル様。あの……」

「恥ずかしがらなくていい。一生懸命に俺のものを愛撫してしまうくらい、俺を好きだとも伝えたかったんだな？　……はぁ。淑女たるものがこんな行為までしてしまうなんて、まったく君は俺を好きすぎるんじゃないか？　なに、遠慮することはない。もっと俺を愛してくれてかまわないから。俺は君の気持ちを受け止め、それ以上の愛を君に返そう」

　セヴェステルの声は弾んでいた。彼はユーネの顔を綺麗にすると、「最高に興奮したよ」

と口ずさみながら、まだ昂っている自身にサックを装着していく。

「君のかわいい口が愛してくれたから、いつもより元気になってしまったよ」

「ひ……」

いつも元気すぎるのに、さらに元気になったら一体どうなってしまうのだろうか？　想像するだけで恐ろしい。

「ああ、俺のユーネ。愛してる」

かけられる言葉は甘いのに、ユーネの中に入りこんでくるものは凶悪だ。隘路を拡げながら熱い塊(かたまり)が貫いてくる。

直接交わる時とは違う、サック独特の感触がした。実に数年ぶりに感じる薄い膜に、初めての記憶が呼び起こされる。

「ああっ、あ……」

まだ半分までしか入っていない彼のものを締めつければ、セヴェステルは口角を上げた。

「ンっ、もう感じてしまったのかい？　ユーネはかわいすぎる」

その場で腰をぐるりと回してから、彼は再び奥へと進んでくる。

「君が、奥の奥まで俺の好きにさせてくれるから……ッ、ン、期待に応えて、世界で一番気持ちよくしてあげよう」

深い部分にこつんと先端が当たった。そのままぐりぐりと腰を押しつけられ、弱い部分を責め立てられる。

「はぁっ、ん、セヴェステル様……っ」

ユーネはぎゅっと彼の背中にしがみつく。

世界一というのが誇張ではないと思えるくらい、ユーネは徹底的に快楽を刻みこまれた。

——それから、どれほど時間が経ったのだろうか。使用済みのサックが散らばっている。

その数で彼が何回達したのか如実にわかってしまった。

彼は吐精後すぐに自身を引き抜く。そして、新たなサックを装着するのを見るたびにユーネはどきどきしてしまった。

男性器に避妊具を装着する姿がとても扇情的なのだ。セヴェステルのように美しい男がそういう動作をしているというのがたまらないが、ユーネは使用済みのサックを処理した彼の手を握る。

「ユーネ？　どうしたんだい？」

「その……サックを使わないでしたくなってしまって」

気恥ずかしさがあり、小声で告げる。

サックのある交わりもいいのだが、どうしてもお腹の奥が物足りなく感じてしまった。

離宮ではたくさん彼のものを注がれていたから、身体が切なげに疼いてしまう。

ただでさえ彼は回数が多すぎて今日だって幾度となく抱かれているのに、そのままの彼も欲しいだなんて自分は欲張りになってしまったとユーネは思った。

「そうか！　それは期待に応えなくてはな」

セヴェステルはサックの箱に伸ばしていた手を引っこめると、ユーネに覆い被さってくる。

なにもつけていない、そのままの彼自身が蜜口にあてがわれると、じんと疼いた。

「……っ、あぁ……」

先程とは違った感覚のものが中に入ってくる。あの薄い膜一枚でこんなに違うのかと思ってしまった。

粘膜と粘膜が直接擦れあい、セヴェステルの存在を強く感じる。

「ンっ……。ユーネのここ、こんなに悦んでいる。ああもう、そんなに俺を好きでいてくれてありがとう」

潤んだ媚肉が彼の雄に絡みつくと、セヴェステルははにかんだ笑顔を浮かべた。ユーネの生理的な反応はすべて「彼を好きだから」という精神的な理由からくるものだと微塵も疑っていない。

しかし、細かいことを指摘するつもりはない。今はもう、セヴェステルへの気持ちを否定する必要がないのだ。彼が望む言葉を与えたい。

「好きです、セヴェステル様」

「うん、ちゃんと伝わっているよ。君の言葉からも、反応からも」

「大好きです」

「俺も愛している」

　奥を強く押しつぶされたかと思えば、肉傘が媚肉をひっかきながら抜けていく。大きな抽挿で結合部から蜜が掻き出されていった。

　腰を打ちつけられるたびに快楽が弾ける。

「あっ、ああっ……！」

　サック越しよりも彼の熱を感じる。縋るように、勝手に腰が動いてしまった。

「ユーネ……っ、ユーネ！」

　唇を奪われて、彼の舌が口内をかき回してくる。

　何度もしているのに、いつまでも気持ちいい。疲労感を上書きするような愉悦に全身が染められていく。

　彼のせいでたくさん感じる場所を作られてしまった。セヴェステルはその場所を丁寧にひとつひとつ刺激してきて、最後に奥を強く穿ってくる。するとユーネは高みに押し上げられた。

「あ……っ、あぁ……」

火傷の痕の上に爪を立てながらユーネは果てる。セヴェステルもまた小さく呻きながら精を放った。熱い白濁がユーネの中を満たしていくと、なんだか嬉しくなってしまう。

サックをつけていなければ吐精後にすぐ抜く必要はなく、繋がったまま抱き合う。

彼のものはまだ硬いけれど、心地よい満足感に眠気を感じ、ユーネはそのまま夢の中に落ちていった。


――目が覚めたのは真夜中だった。

隣に眠っているはずのセヴェステルがいなくて、ユーネは目を擦りながら身を起こす。

彼はきちんと着替えていて、ソファに座りながら書類を眺めていた。日中は二人のために時間を使っていたので、こうしてユーネが眠っているうちに仕事をしていたのだろう。

気持ちは嬉しいけれど、だったらあの長すぎる情事の時間を短縮してほしい。彼の身体が心配になってしまう。

「セヴェステル様、お仕事ですか?」

ユーネが声をかけると、セヴェステルが顔を向けた。

「起きたのかい、ユーネ。喉は渇いてないかな? 水を飲むかい?」

「そういえば、喉がからから……」

「待っていてくれ」

セヴェステルはグラスに水を注いでユーネに差し出してくれる。常温の水は喉通りもよく疲れた身体でも飲みやすかった。

「寒くないか？　大丈夫？」

彼はユーネの肩にショールをかけてくれた。甲斐甲斐しく世話をしてくれるし、思いこみが激しすぎて話が通じないところを除けばセヴェステルは本当に素敵な男性なのである。

ユーネが落ち着いたのを見計らうと、彼は先程の質問に答えてくれた。

「さっき聞かれたことだけど、仕事というほどのものではないよ。報告書を読んでいただけなんだ」

「報告書……」

なんの報告書なのか気になる。

だが、公爵である彼に届く報告書などとても重要なものだろう。まだ結婚もしていない自分がそこまで深入りしてしまっていいのかと、ユーネは言葉を飲みこんだ。

しかし、彼はわざわざ説明してくれる。

「緑化事業の報告書さ。大好きな君を我が国に連れてくるのだから、綺麗にしようと思ってね。君にイェラを気に入ってほしいんだ」

それを聞いて、ユーネの胸が温かくなる。

「セヴェステル様、ありがとうございます」

もちろん、この緑化事業がユーネのためだけではないとわかっている。国を美しくしたほうが観光客の誘致にも繋がるし、開発に伴い山を切り開いたりしただろうから、そのぶん緑を増やす必要があった。

それでも、彼の気持ちが嬉しい。

「大好きです」

「ふふっ、知ってるよ。でも、何度でも言ってくれ。言葉にされると嬉しいからね」

彼の顔が近づいてきて、唇が重なる。身代わりとしてではなく、ユーネ自身としての彼との口づけだ。

触れた部分から温もりが全身に広がって、ユーネは幸せに包まれた。

終章

　ユーネを思う存分抱き潰したセヴェステルは、気を失うように眠ってしまった彼女の頬に口づけるとガウンを羽織ってベッドから降りた。口ずさむ鼻歌から、彼の機嫌のよさが窺える。

（サックをつけずにしてほしくなるとは、まったく俺を好きすぎる。そんなかわいいことを言われたら、空になるまで頑張らなければならないじゃないか）

　いつも空になるまで抱き続けていることを棚に上げ、そんなことを考える。

　セヴェステルはソファに腰を下ろすと、テーブルの上に置かれた封筒を開けた。

　それはユーネのシャワー中に公爵家の密偵から受け取った報告書とイェラ国の新聞の切り抜きだ。輸送に時間がかかるので、かなり前の日付のものである。

『緑化状況について

害虫一、二、四　殺処分完了
害虫三、五　追放完了
外来害虫（七匹）　すべて殺処分』

報告書にしては簡潔すぎる内容だった。しかし、セヴェステルにはそれで十分である。

切り抜かれた新聞記事は、どれも貴族の事故死や自殺を伝えるものだった。

――しかも、全員がイェラ国立大学の同期である。

セヴェステルの大学の同級生ならば、記事に書かれた死亡者の名がユーネことアマリア・レーヴンをいじめていた者ばかりであると気付くだろう。

これはいわば警告でもある。

（ユーネをいじめる害虫は彼女と同じ空気を吸うだけでもおこがましい。死んでも天国には行けないだろうし、地獄の底で業火に焼かれて這いつくばるのがお似合いだ）

本当は在学中にどうにかしたかったが、在学中に権力で生徒を制圧することは王族であっても許されない。国立大学の健全な運営のため、入学前にきつく言い含められていた。

もちろん、それは正しいことであるし、セヴェステルはよく理解している。

それでもユーネへの嫌がらせは目にあまるものがあり、ユーネの知らないところで注意してみたが余計に悪化してしまった。その者たちもまた、セヴェステルが権力を行使してこないとわかっていたのである。

いじめといっても些細なものばかりだったが、それがユーネの心を苛んでいたのだから
セヴェステルは許せない。
しかも四年間も、だ。セヴェステルも陰ながら防ぐ努力はしたものの、取りこぼした
色々なことがユーネに降りかかってしまった。いじめをした者たちはたいした行為ではな
いと考えていただろう。ちょっとした憂さ晴らしであり、小さな嫌がらせくらいなら問題
にならないと思っていたに違いない。そもそも貴族の社交では嫌がらせなど日常茶飯事だ。
いちいち騒ぎ立てるほうが器が小さいと陰で笑われてしまう。
とはいえ、その考えはセヴェステルには当てはまらない。
卒業後、セヴェステルはすぐにいじめていた者たちを徹底的に調べ上げた。王と血縁関
係にある公爵のセヴェステルは、王族だけに仕える優秀な密偵を使えるようになったから
だ。在学中は決まりにより使えなかったが、卒業後ならいくらでも利用できた。
ユーネをいじめていたのは全員が貴族だった。ある程度の財力を持った家なら叩けばい
くらでも埃が出てくる。清廉潔白な貴族など片手の指で数えるほどしかいないだろう。案
の定、いじめていた者たちの家は大なり小なり悪事に手を染めていた。
見つかった悪事は処分する正当な理由に値する。財産没収か爵位取り消しが相応だろう。
しかし、それで許すつもりはなかった。その者たちが手を出したのが愛するユーネであ
り、セヴェステルは在学中に警告していたのである。

公爵に注意されれば、常識ある者なら大人しくなるはずだ。

しかし大学という閉鎖空間は特殊だった。学生は全員平等が国立大学の理念である。王子ですら一学生として扱われる。公爵であるセヴェステルの警告を無視しても在学中はなんのお咎めもない。そのせいで、彼らは愚かにも気を大きくしてしまったようだ。

もしセヴェステルに警告された時点で、卒業後のことまで考えて嫌がらせをやめる賢さがあれば、最初からユーネをいじめなかっただろう。

――近年、イェラ国は学力が重視されるようになった。ある一定の時期から、貴族の子供たちは男も女もこぞって勉学に励むようになったのである。

どの大学の学位を持っているかは時として容姿や家柄よりも重視され、子供の学位は親にとっても自慢の種だ。

そんな中、最終目標であり一族の名誉となる国立大学合格のために勉強しかしてこなかった者たちが、目的を果たしたことで頭の箍が外れてしまったのだ。

その者たちは学業優先のあまり、社交もろくにしていなかったのだろう。参考書の内容は事細かに覚えていても、王族ゆかりの公爵がどれほどの力を持っているのかまでは考えられなかったらしい。若年層における貴族事情の疎さは勉学優先の弊害である。

ともあれ、ユーネをいじめていた者たちはセヴェステルの警告を無視するという最大級の過ちを犯した。

セヴェステルが愛しくてたまらない世界一かわいいユーネをいじめたのだ。どんなに些細な内容であっても、四年間のいじめの積み重ねに利子をつければ万死に値する。

（自分をいじめていた奴らがいなくなったほうが、ユーネもイェラで暮らしやすいだろう）

セヴェステルにとって、その者たちは人間ではなく美しき花にたかる害虫だ。駆除することに躊躇いはない。

それに、トゼ公爵家が燃えていくのを彼らの親が呑気に見物していたのを覚えていた。あそこにいた貴族たちの顔は誰一人として忘れることはない。愚かな親にも同情の余地はなかった。

――だから、駆除した。

抜き打ち調査と称して不正を指摘し、爵位取り消し及び国外追放の沙汰を出す。しかし子供の命を差し出せば見逃すと持ちかけた。

その結果がこの報告書だ。五つのうち、三つの家は自らの保身のために子供を殺した。自殺やら事故やら、顛末が新聞の切り抜きに載っている。

そそのかしたのはセヴェステルの臣下だが、実際に手を下したのは親だ。実の親に見捨てられるなど、愚か者たちには似合いの結末だろう。

残り二つの家は命を優先したようだ。貴族という身分を手放して国外に移った。貴族として贅を享受していた者たちが庶民として他国で暮らすのは決して楽ではないだろう。

まあ、国外追放した貴族はいい見せしめになった。新聞に大きく載せたので、これを見て不正をやめる貴族が出てくれば国としても嬉しい。

ユーネが住むのに相応しい、より美しい国になるはずだ。国の美化に協力してくれた褒美に、本来なら殺処分相当でも命は見逃してやろうと思う。

(なにせ、俺はとても心が広いからな)

セヴェステルは殺さないという選択肢を与えた自分の寛大さに微笑む。

——害虫はユーネをいじめた者たちだけではない。

在学中に公爵邸に滞在させていた令嬢の母国をセヴェステルが蒸気機関車の取引相手に選んだというのは噂になっていた。

帰国した女性を追いかけるなど、なんてロマンティックなのかと言う者もいたし、逆になんとか邪魔をして自分の娘をセヴェステルに嫁がせたいと考える野心家もいた。

その野心家たちがセヴェステルを追って諜報員を潜入させたのである。なんとかしてアマリア・レーヴンの弱みを握り、脅してセヴェステルの妻の座から身を引かせようと考えたのだろう。

本物のアマリア・レーヴンはもうすぐ嫁ぐ。

「レーヴン伯爵令嬢は他国に嫁に行った」というだけなら調べられたところでなにも問題

はないし、他国で過去の出来事を調べるのは一般貴族には難しい。それこそ、セヴェステルのように優秀な王族の密偵を使わなければ真実までたどりつけない。

しかし、現在進行中の事柄を調べるのはさほど難しくはない。セヴェステルの動向や伯爵家の養子申請など簡単に追える。

だからセヴェステルはユーネが身代わりであることに気付かないふりをし続け、その間に周囲を嗅ぎ回る害虫たちをすべて捕獲させた。

その数、七匹。

彼らが調べた情報は大なり小なり絶対に漏れてはいけないものだ。秘密を漏らさないためには死んでもらう必要がある。

かなり素直になる薬を飲ませ平和的に自白させると、己の今後の処遇を察して一番苦痛が少ない方法で自死を選んだ。諜報員は察しがよくて助かる。

なかなか捕まらなかった三人の諜報員は最終的にホテルにおびき出した。レーヴン伯爵と庶民夫妻とセヴェステルが一堂に会するとなれば、その奇妙な組み合わせゆえに追跡しないわけにはいかなかったのだろう。見事に餌につられた彼らはイェラから連れてきた護衛が捕らえ、屋上からご退場してもらった。

騎士であるユーネの父親は、生死に関わる様々な場面に遭遇しているようで、高所から人間が落ちた時に発する特殊な音に気付いたようだ。しかも、ひとつどころか三つ続く異様な事態である。

しかし、セヴェステルの義父となる男は聡明だった。死の音に気付いても沈黙を選択したのだ。ユーネの頭のよさは父親譲りなのかもしれない。

ともあれ、七匹の害虫はすべて駆除した。帰国後、その諜報員を使った貴族を調べ上げるつもりだ。他人の弱みを摑もうという考えを持っているならば、自分たちだって特大級の秘密を抱えているはずである。

その害虫も今後、どうやって駆除するか考えなければ。

(まあ、とりあえず目につく害虫の駆除は終わったな)

そんなことを考えながら報告書を眺めていれば、ユーネが目を覚ました。

「セヴェステル様、お仕事ですか?」

その声はとても掠れている。あんなにセヴェステルへの愛を奏でていたのだから仕方ない。セヴェステルはユーネに水を飲ませ、身体を冷やさないようにショールをかける。

(疲れた顔もなんて愛らしいんだ。ユーネはこの場に存在するだけで俺の胸を満たしてくれる)

にこにことかわいい顔を見ていれば、彼女はセヴェステルが見ていた書類が気になるようだった。だから、教えてあげる。

「緑化事業の報告書さ」

あとがき

はじめまして、もしくはこんにちは。こいなだ陽日と申します。

拙作をお手にとっていただき、誠にありがとうございました。

このたび、初めてソーニャ文庫様で書かせていただくことになりました。「ぶっとんだヒーロー&どん引きヒロインの、明るい系統のソーニャで」というテーマをいただき、書き上げたのがこの作品になります。

いかがでしたか？　ぶっとんだヒーローになっていましたでしょうか？

物語上、最初のラブシーンで避妊は必要になります。その方法につきまして、ファンタジー世界ならではの「飲むだけで完璧に避妊できるご都合主義の薬」（何回か書いたことがあります）を登場させようか初は迷いました。

しかし、文明レベル的にはゴムがあってもおかしくはありません。非実在の世界ですし、ダメ元で編集様にルーデサックを登場させていいか聞いてみたところ、なんとＯＫが！やったー！　そういうわけで、この世界には避妊具があります！

避妊具を使用したラブシーンを書くのはとても楽しかったです！　非実在ならではの絶倫ヒーローですので、回数を重ねるごとにどんどん使用済みのサックが増えていくのも、一回ごとに付け替えるのもエッチでいいですよね！

　ちなみに今回はＴＬ業界で安心安定の絶倫設定にしましたが、個人的には二回戦後に「ちょっと休憩」と言い出すヒーローも大好きです。休憩しながら何回も頑張るヒーローをいつか書いてみたいです。

　本作を書き上げるにあたり、編集様には大変お世話になりました。編集部の皆様、そして関わってくださったすべての皆様、本当にありがとうございました。プロット時点から改稿・校正に到るまで細やかにご指導いただき、この話ができました。

　こうして本という形になったのは皆様のおかげです。心からお礼申し上げます。

　挿絵を手がけてくださった笹原亜美（ささはらあみ）先生、ありがとうございました。可愛くて艶のあるイラストがとても素敵で、笹原先生に描いていただけて光栄です。表紙に万年筆を描いてくださったのも、とても嬉しいです。美しい表紙はずっと眺めていられます。幸せ！

　それでは、最後までお読みいただき誠にありがとうございました。最大限の感謝を！

　ソーニャ文庫様のサイトに番外編ＳＳがありますので、よかったら読んでくださいませ。

　感想やお手紙などいただけますと嬉しいです。またどこかでお会いできますように。

こいなだ陽日

この本を読んでのご意見・ご感想をお待ちしております。

◆ あて先 ◆

〒101-0051
東京都千代田区神田神保町2-4-7 久月神田ビル
㈱イースト・プレス　ソーニャ文庫編集部
こいなだ陽日先生／笹原亜美先生

自己肯定感（じここうていかん）が高（たか）すぎる公爵様（こうしゃくさま）が溺愛（できあい）して放（はな）してくれません!

2023年1月9日　第1刷発行

著　　者　こいなだ陽日（ようか）
イラスト　笹原亜美（ささはらあみ）
装　　丁　imagejack.inc
発 行 人　永田和泉
発 行 所　株式会社イースト・プレス
〒101－0051
東京都千代田区神田神保町2－4－7 久月神田ビル
TEL 03－5213－4700　FAX 03－5213－4701
印 刷 所　中央精版印刷株式会社

ISBN 978-4-7816-9737-6
定価はカバーに表示してあります。

Sonya ソーニャ文庫の本

『結婚できずにいたら、
年下王子に捕まっていました』

市尾彩佳
イラスト 笹原亜美

Sonya ソーニャ文庫の本

『されど、騎士は愛にふれたい。』 犬咲

イラスト 森原八鹿

Sonya ソーニャ文庫の本

『復讐の獣は愛に焦がれる』 青井千寿

イラスト 北燈

Sonya ソーニャ文庫の本

『呪われ騎士は乙女の視線に射貫かれたい』 八巻にのは

イラスト なま

Sonya ソーニャ文庫の本

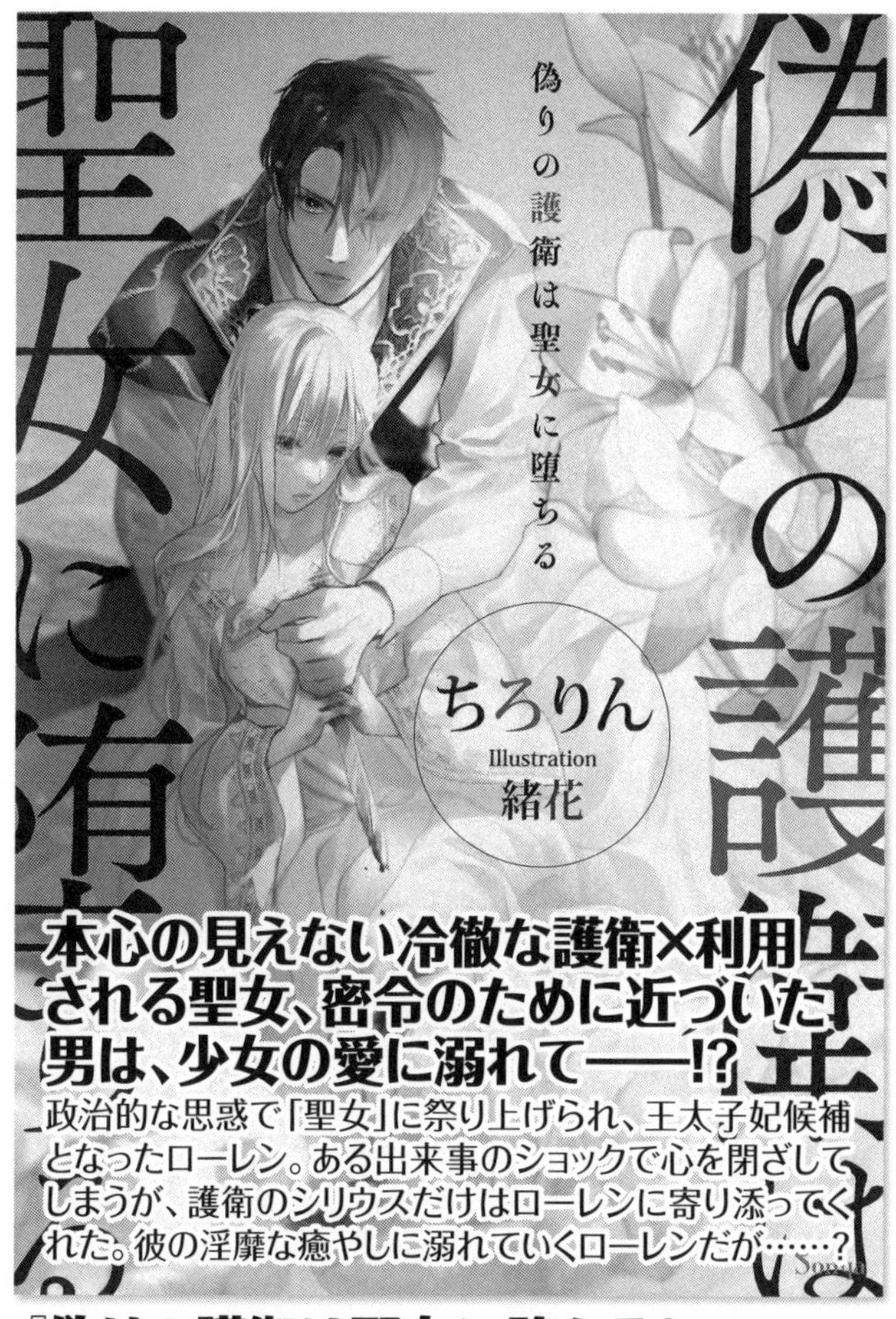

『偽りの護衛は聖女に堕ちる』 ちろりん

イラスト 緒花

Sonya ソーニャ文庫の本

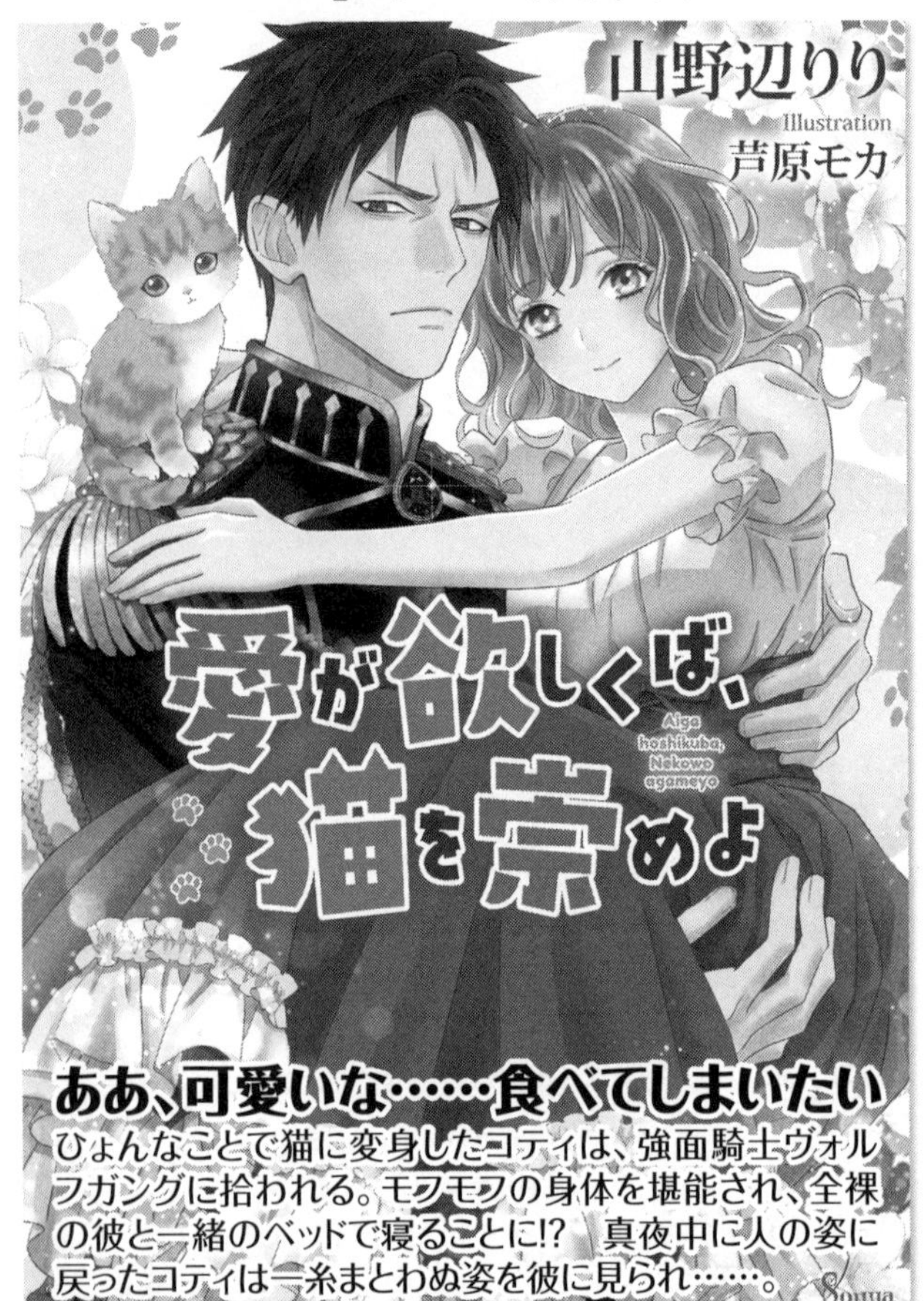

『愛が欲しくば、猫を崇めよ』　山野辺りり

イラスト 芦原モカ